JN105184
NO GAME
NO LIFE!!!
コイノハ
恋のシェアハウス
画 アルデヒド
著 川原圭人
原作 スカイロケット
ぷちぱら文庫

NO GAME
NO LIFE!!!
結城 晶
Akira Yuuki
同年代の平均より背が低く愛らしい見た目だが、そのことを気にしている。気持ちを素直に表すのが苦手でアイコンタクトなどで表現することが多い。
源 真
Makoto Minamoto
勝ち気で元気、思ったことをはっきり言うタイプ。進学前はバスケで特待も狙える実力もあったが、普通に受験して入学し、バスケ部にも入っていない。

朝比奈 陽向
Hinata Asahina
伊織と同い年の幼馴染。世話好きで甲斐甲斐しく、友達のいない伊織を常に気遣い、支えてきた。ゲーム好きではないが、伊織と遊ぶために練習している。
上月 彼方
Kanata Kouzuki
茶目っ気と遊び心を持つ成人女性。大学も卒業済みだが、いつも家にいるためニート疑惑もある。酒好きで酔っ払うと大胆な行動を見せるが、一線は越えない。

高坂 伊織 *Iori Kousaka*

月代大学付属学園への入学を機に、人見知りな性格を治そうとシェアハウス暮らしを決意し単身上京。趣味のゲームで語り合う生活を夢見ている。

プロローグ 女の子だらけのシェアハウス

「ふぅ……お風呂上がりました」

俺は、タオルで髪を拭きながらリビングへと戻った。

「遅い！」

「結構長かったね」

「きっと、ボディソープで頭を洗ったことに気がついて途中で洗い直したんだね」

「育毛剤で体洗ったのかも」

ルームシェアしている同居人たちが口々に言う。

お風呂でちょっと汚れが気になった場所があったので、ついつい掃除していて遅れた。

すみません、と頭を下げながらソファへと腰を下ろす。座る位置はルールとして決めているわけではないけど、なんとなくみんな自分の位置というのがある。

今夜はみんなでゲームの公式戦に出ようということで、早めにご飯とお風呂を済ませた。ネット対戦の公式戦だけど、同じゲームができるメンバーが実際に集まって対戦に臨めるのは珍しい。ネットゲームを並んでやるには準備が大変だけど、テレビもゲームもたくさんあるのでここでなら可能だ。

「…………」

ふと気がつくと、結城《ゆうき》さんがこちらをじっと見ている。

「どうかしました？」

「長風呂だったけど、のぼせてないみたいだと思って」

結城晶《あきら》さんはフンと鼻を鳴らすと、大きなフードの下で金色のロングヘアを揺らした。腰まで届く長さのサラサラの髪。柔らかそうな素材の白いパーカーを羽織っている。小柄で童顔だが、こう見えて俺よりもふたつ先輩である。本人が身長を気にしているので、小さいという表現は禁句である……が、とても可愛らしい。

「晶は心配してたもんね」

「伊織《いおり》は主戦力なんだから、倒れてたら困るだろ……！」

「そういうことにしておく」

赤くなって言い訳する結城さんをからかっているのは上月彼方《こうづきかなた》さん。こちらも結城さんと同じぐらいのロングヘアだが、髪の色は漆黒だ。ピンクのタンクトップで大きなバストが強調されている。上月さんの位置は大抵は俺の隣なのだが、いつも目のやり場に困ってしまうほどだ。ちなみに彼女も俺から見て年上の女性である。結城さんを晶、と呼び捨てにできるのは年長の彼女だけだ。

「でもちょっと長かったよね。大丈夫？」

結城さんと上月さんのやり取りを笑って聞きながらも、少し心配そうに俺の顔を見つめてくるのは源真《みなもとまこと》さん。普段は後ろでまとめてアップにしている栗色の髪も、今は下ろしている。俺と同い年で、通っている学園もクラスも一緒である。家の中では落ち着いた寒色系の色のシャツを着ているので、一見おとなしそうに見えるが、わりとボーイッシュな性格のように思う。運動神経がよく、均整の取れた体つきである。

「大丈夫だよ。少し掃除しただけだから」

みんなが心配しているので、掃除していたことを告げる。

「またそんなことして。気になるところ見つけたとかで、洗っちゃったんでしょ」

さっきのボディソープ発言といい、いかにも俺がやってしまいそうなことを言ってくるのは幼馴染の朝比奈陽向《あさひなひなた》。ロングの髪をまとめているポンポンつきのヘアゴムがとても女の子らしくて愛らしい。白地に薄い模様の入った寝間着もとても似合っている。幼馴染で子供の頃からよく遊んでおり、俺にとってはきょうだいのような感覚だ。現在も彼女とは同じクラスである。

「長風呂は心配しちゃうよ。晶さんなんて、見に行こうとしてたんだから」

「し、してないってば！」

源さんの言葉に、あくまでも心配していないと言い張る結城さん。だいたいいつもこん

な感じだ。顔を赤くしてじたばたするので、すぐに嘘だとわかるのだが。その証拠に……。

「私は少し心配しました」

「私も、いつもより長いけど大丈夫かなくらいには」

「私は見に行こうかとちょっと思ってた」

……と、陽向、源さん、上月さんが順番にそう言うと、

「みんなだって心配してるじゃないか」

結城さんはムッとしたように口をとがらせる。

俺みたいな冴えない男がちょっと風呂から上がるのが遅かったぐらいで、何かあったんじゃないかって心配してくれる女の子がこんなにいる。

しかも、みんなひとつ屋根の下で暮ら

している……。その事実に胸があったかくなる。

勇気を出して、ここへ来て本当によかった。最初は、不安でたまらなかった。

いろいろと小さな問題はあったけど、今こうしてこんなにも楽しい時間を過ごせている。

初めてここに来たときのことを考えると、とてもじゃないけど、こんなことは想像できなかった。

俺、高坂《こうさか》伊織は、ここに初めて来たときのことを思い出す。

第一章 IORI's story 引っ越しとトラブルと決意と

駅の構内を抜けて外へ出ると、冷たい風に晒されて身震いしてしまう。地元では瀬戸内海に吹く海風の影響だと思っていたけど、遠く離れたこの関東でもさほど変わらない寒さを感じる。

出発前に確認をした目的地を、念のためもう一度確認する。契約書を取り出して、これまで何度も見た情報を見直す。高坂伊織様、とある。間違いない。

「それにしても、やっぱり人が多いな」

家を探しに来たときも驚いたけど、この人の量は特別ではないんだと実感をする。人にぶつからないように歩くという意識は、地元では必要ない。

「大丈夫なのかな俺……」

事前に調べたところ、目的地まではバスで行くのが一番楽らしい。ただ、バスの数は驚くほど多い。駅の近くに乗り場が約二十個もある。田舎から出てきた俺に乗り間違えるなというほうが無理だ。

お金を払って別の場所に着く、という事態は避けたいので、歩くことにした。

　バスのルートは大通りを使った大回りになっているけど、徒歩なら目的地までほぼ直線の細い道を進むことができる。三十分も歩けば着くはずだ。慣れない交通環境に戸惑いながらも、足を進めた。そのとき……。

「きゃっ」

　急に歩きだしたせいか、近くを歩いていた女性にぶつかってしまう。俺のほうがよろけて、その場で尻もちをついた。

「ごめんなさい、大丈夫ですか？」

　女性が慌てたように手を差し伸べてきた。スレンダーで、かっこいい感じの美人。手を取りたいところだったけど、頭を下げて自力で立った。見ず知らずの俺になんて、向こうはできれば触れたくないはずだ……。

「だ、大丈夫です。ごめんなさい」

「いえ、私も不注意だったので。それでは」

　申し訳なさそうに頭を下げながら、行ってしまう。ただ……俺が向かうのと同じ方向に行ってしまったので、とても気まずい。

　そのまましばらく歩いていると、彼女も俺のことが気になったようでソワソワし始めた。そりゃあそうだろう。変な男が駅からずっとすぐ後ろをついてきているんだから。

「あの……どちらに向かってるんですか？」

立ち止まって、こちらに振り返る。当然の反応だろう。誰だって痴漢やストーカーは警戒するものだ。

「は、はい！　月代大学《つきしろだいがく》の近くです」

正直に目的地を答えようと思ったが、さすがに具体的なことは伏せておいた。

「私もそのあたりに向かってるんです」

「あっ、そうだったんですか」

単に行き先が同じなのだとわかって少し安心したのか、その女性は再び歩きだす。話しかけてみたいと思うけど、勇気が出ない。

そんな度胸のない自分に嫌気がさして、こんな遠くまで出てきたのにな……今までのように人との交流が上手くいかないのは、もう嫌だった。人と向き合うのが怖くて、おろおろしていたらバカにされて。好きなゲームの話ならなんとかできたけど、詳しく話すと気持ち悪がられた。ずっとそうやってきて、何も変わらなくて。

何もしなければずっとこのままなんだと気づいた。最近になってやっと、変わらなければならないと思うことができた。

でも俺は臆病だから――。単に進学して環境が変わるだけでは、同じことを繰り返すとしか思えなかった。それなら、少しくらい追い詰められたほうがいいと、背水の陣が如く、知り合いがまったくいない新天地を選んだ。

　地元から遠く離れた、ゲーム好きが集まるシェアハウス。

　ここなら、生きるために人と関わらなくてはならない。同じ趣味の人たちなら、人と話をする練習として適してる。段階を踏んで学んでいけば、きっと違う趣味の人との接しかたもわかるようになる。そこでたくさん人と関わって、経験値をためる。そうやってレベルを上げていくんだ。俺の好きな、ゲームのように。

「このあたりまで来るとずいぶん静かになるんですね」

　まるで一緒に歩いているかのように、さっきの女性がまた話しかけてきてくれた。確かに駅のすぐ近くのような騒がしさは、いつの間にか鳴りを潜めていた。

「あまり知らない道なので、私、一人じゃ心細かったんですよ」

　俺が一緒にいたほうが怖いのではと思ってしまうが、女性は全然そんなことはないという素振《そぶ》りを見せる。

「……知らない道を一人で歩くのは不安ですよね」

　思いきって相槌を打つ。

「ぶつかり損じゃなかったですね」

　にこりと、微笑んでくれる。笑顔がとても爽やかでまぶしい。

　いつか、こんなふうに笑う人と友達になれたらいいな。いや、こんな美人ならもっと親密な関係に……。それを目標にすると、これからの生活も頑張れる気がしてきた。

そうこうしているうち、目的地に到着した。

ここで経験を積んで、コミュニケーション能力を身につける。ここに住むのは、全員ゲーム好きな男なんだ。ゲームもゲームの話も、きっと思う存分にできる。仲よくなれば、女性の目を気にすることもなく、女性にモテるためには……なんて話もできるはずだ。みんなでレベルを上げて、ここまで一緒に歩いてきてくれた彼女のような美人で優しい女性というラスボスを攻略するのも夢じゃない。

そしたらきっと——陽向とも向き合える。

「あれ、目的地ってここですか？」

女性が驚いたように尋ねてくる。

「はい」

「私もなんですよ」

「え……？」

「メンバーは全員女性だと聞いてたんですけど……。もしかして女性——」

「男です」

「ですよね……」

どう見ても俺は男だし、彼女はどう見ても女の人だ。

「俺は全員男性だと聞いてました」

鞄の中から契約書を取り出して互いに見せ合う。書類を少し見た感じでは、どこにも問題がないように見える。

「とりあえず、中に入りましょう。他の人なら、事情がわかるかも知れません」

そして俺と彼女は、一緒に玄関のドアを開けた。

「お邪魔します――」

ドアを開けると、驚いたような顔で立っている二人の女性と目が合う。

「…………」

「…………」

「すみません間違えました」

ラスボスが三人になった。

……どういうことだ。

一緒に来た女性は全員が女性だと話していた。

……ということは、俺の情報のほうが間違っているということに。

「何やってるんですか、状況を説明するので中《なか》に入ってください」

オロオロしている俺を半ば強引に部屋の中へ連れて行く三人。そのままリビングらしき部屋に通されて、ソファに座らされた。

金髪の小柄な女性がとても怖い顔をしている。

隣にいる背の高い女性は自然な感じだ。

不安だけど、話ができそうなのは不幸中の幸いだ。

「私は源真といいます。今日からここに入居する予定です」

駅から一緒に歩いてきた女性が軽く頭を下げる。俺もそれに続く。

「えっと、俺も今日入居予定の、高坂伊織といいます」

それを聞くと、先に中にいた女性二人は顔を見合わせる。

「源真さんの話は聞いてる。高坂伊織という〝女性〟の話も聞いてる」

「えええええ……じょ、女性……?」

「伊織くん、女の子?」

「いえ、男です」

さっきも源さんとこういうやり取りをした気がする。

一体どういうことなんだろう……。自分が悪いわけではないのに、なぜか縮こまっているると、背の小さい女性が口を開く。

「手違いな気がするから、まずは管理会社に確認を取ってみてくれ」

もっともな意見なので、異論はない。携帯を取り出して、管理会社の番号を探す。見つけるのは簡単だった。それしか発信履歴がなかったから。

『はいはーい。お疲れさまでーす』

すぐに管理会社の人と電話が繋がった。

状況を話すと、なぜこうなったのかということはすぐに判明した。『高坂さん、名前女性っぽいじゃないですかぁ』だそうだ。明らかに向こうの手違いなのに、なぜ俺の名前のせいにされなければいけないのか。

問題があるなら別のシェアハウスを探すので、それまでは……と軽いノリでお願いされて、電話は終了した。

携帯を置いて、みんなに事情を話すと、源さんは頭を抱え、長身の女性は笑い転げた。小さな女性は険しい顔でこちらを見て、どうにかしろと威圧感たっぷりに睨んでくる。

「女性のなかに男が一人という状況がよくないのはわかってます。で、でも、えっと、その……あの……」

視線が怖くて、口ごもってしまう。

「す、すみません……。え、えーとですね、あの、に、荷物もここに来ますし、外に寝泊まりしたり、早々に引っ越したりする時間やお金があるわけでもないので……。できることなら少しここに置いていただければと……」

声が段々と尻すぼみになっていく。今ここを追い出されたら困る。女性たちには嫌がられるだろうが、土下座してでも、玄関の土間にでもいいから寝かせてもらわないと……そう考えていたときだった。

「私からもお願いします。会ったばかりの男性を泊めるというのが難しいのはわかります。でも、高坂くんなら大丈夫です。私が保証します」

源さんが思いもよらぬ助け舟を出してくれた。

「二人は知り合い？」

「さっきここに来る前に駅で会ったばかりです。でも……新生活が始まるのに、家すらないというのはとても不安なはずです。せめて一日だけでも」

源さんとは出会ったばかりなのに、保証するとか言ってもらえて動揺してしまう。

説得には時間がかかるかと思われたが、長身の女性はすんなり首を縦に振ってくれた。

「そうだね。とりあえず今日は泊まりなよ。荷物も来るんだし」

「……仕方ないから、私もとりあえずは我慢する」

反論がありそうな表情を浮かべつつも、渋々、小さな女性も承諾してくれた。

とりあえず俺は、ホッと胸を撫で下ろす。まあ、荷物とともに外に放り出されるという最悪のケースが回避できたというだけで、何の解決もしていないが。

「じゃあ、少なくとも今日は一緒なんだから、名前わかんないと辛いよね。私は上月彼方。一年前くらいに入居しました。みんなよりはちょっと年上だと思う」

年上と聞いてちょっと納得する。他の二人に比べて大人びてるような気がする。

「私は結城晶。去年の夏くらいに入った。月代大付属学園の生徒で、三年生」

結城さんは小柄で幼く見えたから年下かと思っていたけど、先輩だった。

続いて、源さんがもう一度、自己紹介をする。

「私は源真。月代大付属学園に入学予定です。ここに来たのは、ゲームが好きだったのと、単純に通学が楽そうだったからです」

同い年だったらしい。落ち着いていたから年上なのかもと思っていたけど。

それにしても同じ学園の人ばかりで、やはりみんなここからの学園の距離は魅力的なんだと感じた。学園は歩けばすぐに着く距離にある。

最後は俺の番だ。源さんと入れ替わるように立つ。

「高坂伊織です。俺も月代大付属学園の新入生です。ここに来たのは、ゲームが好きだという理由もありますが、よくない自分自身を変えるためです」

「高坂くん、同い年だったんだ。敬語じゃなくても大丈夫？」

「あ、はい。大丈夫です」

「そっちも普通でいいよ。高坂って呼ぶから、よろしくね」

そう言って手を差し出してくれる。少し戸惑ったけど、今度はちゃんと取る。

「よろしく、源さん」

源さんはその後、年上の二人にも握手を求めていた。

「よろしく。伊織くんも」

上月さんは俺に手を差し出してくれる。

「よろしくお願いします」

差し出された手を握る。少し温かかった。

しかし、結城さんは俺には握手を求めない。男が嫌いなのか、俺のことが嫌いなのか。

「ねえ、伊織くんの件、今日だけどうにかなってもって思うから、管理会社が手を打つまでここにいたら？」

上月さんの提案に、またもや結城さんは不機嫌そうな顔をする。しかしすぐに源さんが真剣に説明してくれた。

「高坂は大丈夫だと思います。駅で会ってここまで一緒に来たんですけど、その道中で話したりして、悪い人じゃないって思いました」

「駅からここまで三十分くらいだぞ……」

「目的地が一緒だと知るまでは警戒してたんで、ちゃんと見てたんです。とても綺麗な目も好印象ですよ」

「真から見て信用できる人ってのはわかったけど。個人的にはあと十秒くらいで出て行って欲しい」

そこまで嫌われていると、逆に清々しい。

「なら、これからルールを決めませんか？　高坂がいてもいなくても、決める必要はありますし……高坂だけルールを厳しめにして、守ってくれれば、妥協点としては悪くないのかなと思います」

「部屋から出てはいけないとか？」

それは軟禁というやつでは。

「それは厳しすぎますね……」

結城さんと源さんの間で、俺に関するルールが話し合われている。

「私はしばらく伊織くんがいてもいいよ。だから、二人が納得するルールを作ればいいと思う」

上月さんが俺のほうを見て、軽く微笑んでくれた気がした。なのに、頭を下げることしかできなかった。

その後、食事のことなどいろいろ決めていく。

「わかめは料理はできるのか？」

突然の結城さんの言葉。わかめって何だろう。少し考えてると、三人ともこっちを見た。

「あれ、わかめって俺ですか」

「他に誰がいるんだ」

「わかめって……なんでかはわからないですけど、とても悲しい気持ちになります」

「髪の毛がわかめじゃないか。言われたくないなら、それをなんとかすればいいだろ」

今の髪は言われてみればそんな感じだった気もする。その的確な表現が心に刺さる……。

「わかめは栄養あるから大丈夫」

フォローになってないし、わかめ肯定してるけど、ありがとう上月さん。

料理は少しはできるので、きちんと当番に組み込んでもらうことにした。

「学生組のお昼は？」

上月さんが気を遣ってくれる。

「私が朝作るときくらいはお弁当にしようかなって思ってます」

「伊織くんもお弁当作ってもらったら？」

「ええ!?　嬉しいですけど、それは申し訳ないですよ。めっちゃ嬉しいですけど」

大いなる期待に胸を躍らせて、つい饒舌《じょうぜつ》になってしまう。しかし……。

「作る手間はそんなに変わらないですけど、いわゆる好感度が足りないのでやりません」

わかってはいたけど、とても残念だ。しかし、好感度という言葉が自然に出て、誰もそれにツッコまないあたり、みんなゲームをする人たちなんだなと実感できた。

がっかりしている俺を見て、源さんは言葉を続ける。

「高坂が素敵な人だなって思えたら、考えます」

素敵な人の基準は好感度いくつくらいなのか、少しだけ聞きたかった。

そのまま、源さん主導で様々なルールを決めていく。リビング、キッチンの使い方、掃除当番に、洗濯機の時間、洗濯ものを置く場所などを決めた。

掃除の主力は上月さんの私物である、お掃除ロボということになった。

他にないかな、という感じのところで、結城さんが口を開く。

「わかめ特別ルールがない」

完全に忘れていた。しかもわかめって言われるのは嫌なはずなのに、わかめ特別ルールの語感がよすぎてなんだか嫌いじゃない。

「忘れてました。この件は高坂に落ち度がないから申し訳ないんだけど、何かしら決めさせてもらうね」

申し訳なさそうに言う源さんに、俺も承諾するしかなかった。そのとき結城さんが、

「ひとつでいいよ」

と、言いながら一枚の紙切れを出す。そこにはこう書いてある。

〝わかめは必要以上に共有スペースをうろついてはいけない〟

部屋から出るなとそんなに変わらない気もするけど、生きることは許された。

「高坂、これでお願いしてもいい？」

「放り出されないだけでも助かります」

結城さんに頭を下げる。目を合わせると、逸らされてしまった。

「ハブられてお礼するとか、とんだマゾヒストだな……」

「……………」

「たぶん、好感度上がったらルールも緩くなるんじゃない？」

上月さんは余裕のある感じで笑っている。

とりあえずは当面の住居が保証されたわけだから、そこはいいことだ。

あとは、管理会社からの連絡を待つばかりだけど、これは期待できるんだろうか……。

ちょうど外に引っ越し会社のトラックの止まる音が聞こえたタイミングで、ルール決めの会議はお開きとなった。

＊

荷物を整理し終え、ひと息つく。いつ引っ越すことになってもいいように、直近で必要なものだけ外に出した。

やはり入学式の前日ではなく早めに来ておいてよかった。疲れのこともあるけど、今回は変な騒動があったから余計にそう思う。

「とりあえず、お風呂に入って寝るか」

道具を取って外に向かおうとして、お風呂の話をしていないと気づく。どうしよう……決めないとまずいよな。しかしもう夜だし……引っ込み思案を直そうとここに来た俺に、女の子の部屋をノックする勇気なんてない。

誰も入ってないことを確認すれば大丈夫か。

一応掲示板でお風呂の決まりがないか確認してから、脱衣所へと向かった。

慎重に確認をしながら中に入る。誰もいないようでホッとした。あとは浴室に入ってしまえば大丈夫だ。お風呂に入るだけでこんなに苦労するなんて思わなかった。

女性だらけの家でお湯を張る勇気はなく、シャワーで済ませる。さっぱりして、これならゆっくり眠れそうだ。早くベッドに入りたい。そんなことを考えていたとき。

ガラッと引き戸が開いた。

「…………」

「…………」

目が合って、動けない。俺は全裸で、目の前には女の子。

その女の子、源さんの視線は、徐々に下がっていく。そんなに露骨に見られたら、いくら俺でも何を見られているのか気づいてしまう。

源さんは再び顔を上げると、真っ赤になっていた。

「こ、こんばんは……。えっと、その、あの……ちん、じゃなくて……いや……私、こんなつもりじゃ……」

「俺もこんなふうに見せつけるつもりは……」

「だ、大丈夫、り、りっぱだから!!」

「りっぱ……」

「あ、あれ、私、何言ってるんだろ……。他の見たことあるわけじゃないけど、なんとなくそんな気が、って、そうじゃなくて！　もう……ごめんなさい！」

叫ばれると思ったけど、源さんはそのまま走っていってしまった。

とりあえず服を着てリビングまで戻ってくると、源さんがいた。スルーするわけにもいかないので、改めて謝罪すると——。

「あ、いや、見ちゃったのはこっちだし！　ただ、でも、その……鍵をかけてくれてればと、思ったりはした……」

「おお……」

「おお、じゃなくて！　共同生活なんだから、鍵は大事。中を確認しなかった私が悪いことには違いないけど……」

「次からは気をつけます……」

「お風呂の時間決め忘れたのも問題だったね。みんなが起きたら話そう」

俺が責められる立場だと思ってたけどそうじゃないらしい。

女の子と話すだけで気持ちがほわほわするけど、優しくても自分に好意が向けられているわけじゃないと、戒めなければならない。

その後一応、自分のサイズがどの程度なのか確認したところ、だいたい平均くらいだった。源さんは本当に見たことなくて、もっと小さいものだと思ってたということになる。

見られたせいなのかはわからないけど、その晩はよく眠れなかった。

＊

普段起きる時間よりもずいぶんと早い時間に目が覚める。外を見ると、まだ暗い。家の中も寝静まっているようだ。

二度寝するほど眠くもないし、ベッドから出て、部屋の出入り口に向かう。

「あれ？」

簡単にドアが開く。確かに鍵を閉めて寝たはずなのだが……って、壊れてるし。ドアに引っかける部分が出ない。後で管理会社に連絡しておこう。

洗面所に向かう途中、トイレが目に入った。ついでだから済ませておこう。

トイレは公共施設みたいに、中に空間が少しあって、その奥にふたつ個室がある。間取りを見たときは少し驚いたけど、シェアハウスなんだから当たり前かと納得した。

脱衣所と洗面所がセットだと困るので、ここにも洗面台が一応ついている。トイレ付近の洗面台を好んで使う機会は少ないかも知れないけど。

トイレはふたつとも開いていたので、ゆっくりと用を足した。流してないのに流したような音を出す機能がついてるのに気づいたのは、大きな収穫だった。少しだけ離れてるとはいえ、近くにトイレがあるんだから、横でじょろじょろ聞こえるのもよくない。

そのとき突然、悲鳴のような大きな声が聞こえた。お風呂からだと思うけど、何かあったんだろうか。

急いで脱衣所に入るけど、人影はない。ここに来るまでに誰もいなかったし、さっきまでトイレにいたのは俺だけだった。だとすると、浴室のほうかな。

浴室のドアを開けると、びしょびしょになった結城さんが立っていた。

「ど、どうしたんですか」

服が張りついていて結構エロい……けど、そうなってることは悟られないようにしたほうがよさそうだ。

話を聞くと、リビングでルームウェアにコーヒーをこぼし、しみ抜きをしようと風呂にやってきて、お風呂の蛇口をひねったら……。

「シャワーが出た」

「なるほど……」

シャワーとカランの切り替えに関する〝あるある〟案件だ。

「……この状態じゃ部屋まで行けないから、服、貸して欲しいんだけど」

俺が部屋に結城さんの服を取りに行ったほうが早いんじゃ……とも思ったが、つまりこれは、お前が私の部屋に入ることは許さん、と言っているんだ。

「わ、わかりました」

上着を脱ごうと手をかける。

「脱ぐな！　今着てる服を貸してくれとは言ってない！」

「え」

「私でも着れそうなの部屋から持ってきて貸してくれよ。その間にお湯かぶっとくから」

「あ、はい。急いで持ってきます」

服を取りに行って、そーっと脱衣所に置いてくる。脱衣所で待っていては、裸の結城さんに遭遇してしまう。そうなれば、今度こそ事件だ。とっさに女性でも着れそうなものを選んだけど、あれで大丈夫だろうか。

「服、ありがとう」

後ろから声をかけられて、振り返る。実際に着ている姿が目に入る。ぶかぶかだ。

「大きいけど、まあ体がすっぽり隠れるから楽だよ。ん？　どうした？」

「かわ……いいえ、俺の服でも、結城さんが着ると素敵に見えるんだなと思いまして」

危うく可愛いと言いかけた。

「……恥ずかしいことを平気で言うやつだな。来たときは喋るだけでもビビってたのに」

「あはは……結城さんはべつに怖い人じゃないってわかったんで」

そう言うと、露骨に不機嫌そうな顔になってしまった。

その結果、結城さんが外に出られる格好じゃないからという理由で、お菓子とジュースを買いに行かされることになった。

結城さんの意図はよくわからないけど、今は意向に沿うのがいいような気がした。

＊

その日の夜は、きちんと鍵をかけて、ゆっくりとお風呂に入った。

部屋に戻って、時計を見る。寝るには少し早い気もするけど、今からゲームを始めたらたぶん徹夜コースだから寝よう。たまには早めの時間からゆっくり寝るのも悪くない。

寝るための身支度を整え、部屋の電気を消した。布団をはぐって、違和感を覚える。電気を消したばかりであまり見えないけど、何かいるような気がする。

「んん……」

なんか声が聞こえた。明らかに何かいる。

布団の中に何かいるとか、ホラー映画みたいな展開は勘弁して欲しい！　慌てて逃げよ

うとしたら、ガシっと手をつかまれた。

「うわあああぁ」

「怖がらなくてもいいのに」

聞き覚えのある声が……と思ったら、なぜ上月さんが俺のベッドに。間違えたなんてことはないだろうし……。

というか、自室の鍵が壊れている弊害が早くも！　こんなかたちで！

「どうしたの……？」

「それはこっちの台詞です！　何やってるんですか」

「添い寝？」

「添い寝って……」

いろんな考えが頭を巡る。まとまらなくて混乱していると、グイッと引き寄せられた。

「あ、ちょっと、だめです！」

股間が反応してしまう。

「嫌だった？」

「嫌ではないです、が、いろいろと問題が……」

胸とかすごく柔らかいし、お酒の匂いも強いけど、密着するといい匂いもして……って、お酒の匂い……？

「酔ってるんですか？」

「酔ってない。お酒は飲んだけど」

酔ってた！

「その、抱きしめてくれるのは嬉しいんですが、ちょっとまずいこともあるので……」

「だめなの？」

「だめというか……す、少なくとも、お酒を飲んだ後っていうのはだめです！」

上月さんの本当の気持ちだっていうなら、真剣に考えて、真剣に返事をしたい。でも俺がたったの数日で添い寝してもらえるほどに女性の気を引けているとも思えない。

何より酔っているんだから、この場は帰ってもらったほうがいい。酔った勢いだったとかだったら、俺にも上月さんにもよくない。

「申し訳ないですけど、今日のところは……」

上月さんは体が大きいけど、男性と比べたらやっぱり小さい。俺も小さいし力もあるわけではないけど、酔っぱらいの女性に負けたりはしない。

「いけずー」

上月さんの拘束を逃れて、さらに布団から上月さんを引っ張りだす。

「だめですよ、いきなり男女が一緒に寝たりしたら」

「一緒に寝るくらいいいのに」

「本当にそう思ってるなら、素面《しらふ》のときにまた来てください」

「むぅ……わかった」

とぼとぼと歩いて、上月さんは部屋を出た。

「はぁ……」

明るかったら、股間の状態がバレてたかもしれない。我ながらよく耐えたと思う。チャンスが失われたかも知れないけど、他にいろいろ守ったものがあるはずだ。そう考えないと、後悔の波が押し寄せてくる……。

＊

学園の入学式を前に、俺は突然、みんなにリビングに呼ばれた。

話の口火を切ったのは源さんだ。

「さっそくだけど、高坂の散髪をします」

「散髪？」

「そう。その髪型ははっきり言ってネガティブの塊。明日入学式だから、今日切る」

「ネガティブの塊だったんだ……」

「私が切るからね。高坂には拒否権はないので。ほら、観念して」

「あぁぁぁ……」

腕をつかまれて、いつの間にかセッティングされていた椅子に座らされる。チョキチョキと切られた前髪が下に落ちていく。

暴れてバッサリいくよりは、大人しくしてるほうがきっといい……。

「はい、終わり。お疲れさま」

「うう……どうなったんだろう」

「よくなったよ」

上月さんも結城さんも、表情が明るい。なんか、キラキラしている。

「はい」

結城さんが手鏡を差し出してくれる。受け取って、自分の顔を見てみる。

「おお……」

なんだかすごい。陰気な感じがしなくなってる。

「もともと悪くない顔してたのに、なんで隠してたんだか……」

「変に隠すよりも、堂々としてたほうがいいことって多いよ」

「なんかちょっとモテそうな感じでイラッとするな……」

それぞれの言葉で褒めてくれる。

髪の毛なんて気にしたことなかったけど、そんなふうに言ってもらえると満更でもない。

「……ありがとう」

本当に嬉しくて、頭を下げる。

それを見た三人は、呆れてるような、微笑んでるような、複雑な表情をしていた。

＊

源さんと一緒にシェアハウスを出て、学園に向かった。今日は入学式だ。

初のホームルームのために教室に入る。幸いなことに、源さんとは同じクラスだった。

担任の先生の指示でクラスメイトの自己紹介が始まる。

そのとき一番最初に起立した子を見て、俺は愕然とした。

「朝比奈陽向です。趣味は、あまり上手くないけどゲームです。よろしくお願いします」

容姿を見ても、俺の知ってる陽向と相違ない。なんでこんなところにいるんだ。

陽向は俺のほうを見ると、悪戯っぽく笑う。間違いなく幼馴染の陽向だ。あいつは、地元の学園に進学したと思っていたんだが……どういうことなんだ？

俺も源さんもその後に順番が回ってきたけど、その間も俺はずっと陽向のことが気になっていた。

そして自己紹介が終わり、様々な連絡事項が伝えられ、ホームルームは終わった。

源さんは、何やら知り合いらしい女子と話をしている。

「伊織くん」

「陽向……」

いつの間にか、陽向が近くに来ていた。

「なんで陽向がここに?」

「やっぱり、伊織くんがいないと寂しいよ」

「そっか……。ありがとう、気持ちは本当に嬉しいよ」

「……んー?」

陽向は何だか怪訝《けげん》な顔をして、じっと俺のことを見つめてきた。

「どうかした?」

「ううん、べつに……。同じクラスになれてよかった。またよろしくね」

「うん、よろしく」

陽向は、手を差し出してくれる。陽向の手なら、俺は戸惑うことなく取ることができる。

陽向は幼馴染で、ずっと一緒にいて、ずっと俺の味方でいてくれた。なんでだろうと思うこともあったけど、事実としてずっと一緒にいてくれたから、彼女の気持ちを疑うことはなくなっていた。

でも、その気持ちに甘えすぎて、俺は一人じゃ何もできなくなっていたんだ……。

＊

そして週末——。入学してから初めての休日。

みんなでリビングでまったりしていると、誰かの携帯が鳴る。

管理会社の人からで、今日これから新しい人が来る、との連絡だったそうだ。

そういえば、あと一室空いている。入れ替わりがない限りは、その人が最後の一人か。

「どんな人が来るんでしょう」

「そのうちわかるだろ」

結城さんは興味なさげだ。

しばらくして、インターホンが鳴った。

「おはようございます！」

玄関が開いて、声がする。鍵がかかっていたはずなので、開けられるのは関係者だけだ。

しかしこの聞き覚えのある声は……。振り向いて声の主を確認する。

「お邪魔します」

玄関を上がり、こちらに向かってきたのは……陽向だった。

「陽向……!?」

突然のことに驚き、動けなくなる。

「知り合い？」

「クラスメイトです」

結城さんの質問に、源さんが俺よりも先に答えてくれた。

「伊織くんの幼馴染の、朝比奈陽向です」

幼馴染と聞いて、ほんの少し場の空気が変わった気がした。

「今日入居する人って、陽向のこと？」

「そうだよ」

陽向はあっけらかんとしてるけど、みんなはちょっと怖い顔で警戒している。

ここは俺がどうにかしなければならないと思い、慌てて立ち上がる。

「あ、朝比奈陽向。俺の幼馴染で、物心ついた頃からのつき合いです」

そう言うと、みんな曖昧な表情を浮かべつつも、陽向に対して自己紹介をした。

「よろしくお願いします。せっかく快適に過ごされていたのに、割って入ってしまうようなことになって申し訳ないです。それにしても……まさかこんな綺麗な女性ばかりだとは驚きです」

陽向をソファに座らせ、みんなでいろいろ話をする。

なぜこのタイミングでの入居なのかと尋ねたら、管理会社がいろいろミスをやらかしたせいでそうなったと言われた。もはやどんなトラブルが起きたとしても、管理会社のせいだということならなんでも納得できるようになってきた。

「やはり、私の思ったとおり。……伊織くんはここ一週間ですごく変わった気がします」

陽向はいつものように、思ったことをまったく隠そうともしない。

「一番大事な時期に離れてて、とてもショックです。私が数年かけてできなかったことをみなさん一週間でやっちゃうんですから、ジェラシーですよ。……ジェラシーですけど、やっぱり伊織くんが変わってくれたのすごく嬉しいです」

「ずっと暗かったの？」

上月さんが尋ねる。

「そうですね。暗い時期が長かったです。だからみなさんにはすごく感謝しています」

皮肉にも取られかねない言いまわしだったとは思う。でも陽向の表情を見れば、きっとそれは違うとみんなはわかってくれるはずだ。

「私らがなんかしたわけじゃない。高坂が変わったんだから、高坂を褒めてやればいい」

結城さんのその言葉に、陽向はニッコリと微笑む。

その後は俺の部屋でみんなでゲームをすることになった。俺の子供の頃の話などをたくさんしたりして、いつの間にか陽向はすっかりここの一員となっていた。

＊

解散した後、軽くネットをしていた。目新しい情報はなく、特にやることもなくなった。

「眠い……トイレ行って寝よ……」

うつらうつらとしながら、立ち上がって部屋を出る。

それにしても、陽向が同じ学園に来るだけじゃなくて、ここにまで来るなんて驚いた。

頼ったらだめだと思っていたけど、来てくれるとなんだかんだで心強い。みんなと上手くやれるといいな……なんて考えながら、トイレへと向かう。

中へ入り、個室のドアを開けた。

「あっ……！」

中に結城さんがいた。

「な、なんで……」

思考が追いつかない。とりあえず整理しよう。トイレを開けたら結城さんがいて、パンツを上げている途中だ。顔を真っ赤にして、とても驚いた顔をしている。

「鍵、かかってなくて……」

「そうか、私急いでたから、かけ忘れたのか……」

「ご、ごめんなさい、開いたからてっきりいないんだと思って」

「それはもう、いいからっ！　あんまり……見ない、で……」

言われて、やっと気づく。すぐに出て閉めるべきだった。

「ごめんなさい！」

とにかくいったんここを出てからまた謝ろうと、急いでリビングまで走った。

今回のは最初のよりも大きな問題だ。様々なことが頭を巡るけど、結城さんが出てくるのを待って謝る以外にいい方法が思い浮かばない。

少し待っていると、結城さんがトイレから出てきた。顔が赤くて、まだ恥ずかしそうだ。

結城さんは近づいてくると、俺のすぐ隣に座る。いつもは離れて座るから、これだけ近いと余計不安になった。

「ごめんなさい！　俺……」

「……ノックくらいはしてくれ。私が鍵かけてなかったのも悪いけど」

今なら、鍵をかけておいて欲しかったという源さんの気持ちがわかる気がする。

「何か償える方法があれば教えてください」

「わかった。高坂はずっと私の専属パシリな」

「……それだけですか？」

明確に言葉にしただけで、今と変わらない気がする。

「お風呂でのこと、ずっと秘密にしてくれてたから、私も今回のこと言わない。高坂が責められても不本意だし。これからいっぱいパシってもらうことにする」

結城さんはそう言って、ずいぶん落ち着いた様子で部屋に戻っていった。いつもみたいに言葉にトゲがなくて、ワガママでもなくて、大人びていた。

あれが結城さんの本来の性格なんだろうか。

＊

最近やっているゲームの情報を表計算ソフトにまとめる。

ダメージ計算式はネットに出ていたから、敵の情報と合わせてＤＰＳを計算するツールを作っていた。

ゲームはある程度できる自信はあるけど、本当に上手い人に比べると大したことがない。だからそういう差を知識で埋めようと頑張ったりしてる……というのはただの後づけで、単純に仕様を調べて効率化を図るという作業が好きだった。

「そこの処理さ、プログラムでやったほうが楽だと思うよ」

「プログラムですか？」

ごく自然に俺の部屋にいて、ずっと作業を眺めていた上月さん。

「そうそう。セルだと式の長さや参照数に限界あるし」

「プログラムってなんか難しそうです」

「そんなことないよ。ちょっとルール覚えるだけでも便利になるから、やってみる？」

そう言って上月さんは俺の真横に座ると、体が密着するのも気にせずＰＣを触り始めた。

ややこしいことは教えても仕方ないからと、簡単なことを教えてくれた。セルを参照して値を受け取って、条件分岐や繰り返しを使い、計算してセルに出力する。たったそれだけのことだったのに、シートはずいぶんと綺麗になった。

「すごい！　いつもいろんなパターンをやろうとすればするほどこんがらがって……というか、上月さんは一体何者なんでしょう」

「技術屋さんだよ。フリーの」

「それでずっと家にいたんですね」

フリーでやってるって、とても憧れる。俺もこういう仕事がしてみたい。

「いろいろありがとうございます。何かお礼をしないとですね」

「じゃあ、名前で呼んで欲しいかな」

「名前でですか？」

「うん、彼方って」

「でも、それはその……うう、わかりました。これからは彼方さんと呼びます」

年上の女性を名前で呼ぶのなんて初めてで、戸惑ってしまうが……なぜか彼方さんが相手だと、あまり気負わずに済んだ。

＊

源さんのご飯を食べてから、少しみんなでくつろいだ。

順番にお風呂へ向かい、次第に解散となる。俺は今日は最初だったから、すぐに部屋へ戻る気にもならずに残っていた。

次は源さんの番なはずだけど、そういえば反応がない。顔を覗き込んでみると、寝ていることに気づく。

「ん……」

軽く体を捩って寝がえりを打つ。そのしぐさと声が色っぽかった。

「見てたら失礼か……」

疲れているのかもしれない。今日は源さんの当番だけど、代わりに食器を洗っておこう。

一度部屋に戻ってタオルケットを持ってくる。それを源さんにかけてあげて、食器を洗いにキッチンへ向かった。

食器を洗い終えてからソファを確認すると、源さんはまだ寝ていた。起こすのは気が引けるけど、さすがに起こさないわけにもいかない。とりあえず寝る前の準備を済ませてから、まだ寝ていたら起こすことにしようと、俺はトイレに向かった。

用を足すと、そのまま脱衣所に向かう。トイレにも洗面台はあるけど、やはり緊急時以外で使ってる人はいない。みんなも歯ブラシは脱衣所に置いている。

何気なく脱衣所のドアを開けると……そこに源さんがいた。服を脱ぎかけの状態で。

「…………」

源さんもきょとんとしていて、お互いに思考が追いついていないんだとわかる。さっきまで寝ていたはずなのにどうしてこんなことに。

「エッチ……」

「ご、ごめん！　す、すぐ出ます！」

慌てて脱衣所を出るとき、源さんが俺を呼び止めた。

「待って！　逃げないで、ちゃんと待っててね」

「う、うん……」

自室に籠ろうと思ったが、そう言われて仕方なくリビングへ行く。

またやってしまった。

しかも今度のは前回と違って俺が見てしまったわけだから、いくら源さんでも嫌われたかもしれない。結城さんが許してくれたのだって奇跡だったのに。

落ち込んでいると、源さんがきちんと服を着て歩いてきた。

「ご、ごめん！」

「い、いいよ。私も……予定の時間と違ったわけだし、鍵もかけてなかったし……私としては、私が前に見たのと、さっき高坂が見たので、お相子ってことで今回は終わりたいんだけど……」

「源さんがいいなら、お相子ってことでお願いしようかな。でも、ごめんね」

「いいって。私も落ち度はあるんだし。あと……源さんじゃなくて、真でいいよ」

「いや、そんな急に……」

「私も、伊織って呼んでいい？」

「いいよ。ちょっと恥ずかしいけど」

「よかった」

名前で呼ぶのは、家族と陽向だけだった。ここにきて急に増えて、なんだか恥ずかしい。

でも、名前で呼ばれるのは嬉しかった。

＊

お風呂は面倒だと思うこともあるけど、お湯に浸かると癒やされた気持ちになる。ゆっくり入るときはまた格別に気持ちがいい。

体を洗おうとしたところで、入ってきた何かに体をつかまれた。

「ぎゃー！」

「私だよ」

声を聞いて、誰なのかがわかって安心する。

「なんだ陽向か……いやおかしいでしょ！」

なぜ風呂に陽向が！　こっちは全裸だというのに。ちなみに彼女は水着着用だ。それだけは本当に本当に助かった。

「昔はいつも一緒に入ってたのに？」

「今はもう昔ほど幼くないよ！」

「今一緒に入るほうが、伊織くんは嬉しいかと思って」

「嬉しいかも知れないけど、いろいろ問題あるから！」

「いいじゃない。たまには一緒に入ろう？　体洗ってあげるね」

抵抗しても無駄なんだと、なんとなく悟る。

陽向はボディソープをボディタオルに垂らすと泡立てる。それを使って、俺の体を洗い始めた。

「いつから一緒に入らなくなったんだっけ」

「そういえばいつからだっけ。銭湯で一緒に入れなかったのがきっかけだった気がする」

「あーそうかも。男女は一緒に入らないものなんだって意識しちゃったもんね」

楽しそうに笑う陽向を横目に見ながら——俺がもっとしっかりしていればこの幸せは、ずっと昔からあったんだろうと、少し後悔をする。
陽向が俺をいろいろ構ってくれるのはとても嬉しかったけど、そうしていることで陽向がみんなから変な目で見られるんじゃないかと思った。だから、離れて自分の力だけで独り立ちしようと考えた。
結局は、こんな感じになってしまっているけど……でも、あの頃にそれができなかったからこそ、今があるんだ。
俺は今、とても幸せだ。陽向と話していると、昔を思い出すから、余計にそう思えた。

＊

その後も、俺にとって楽しい毎日が続いた。

みんなで一緒にゲームをしたり、買い物に行ったり、誰かが作ってくれたご飯を食べたり。あるいは俺が作ったご飯をみんなが食べてくれたり。

孤独だった頃が嘘のように、充実した日々を送っている。

しかし――夢はもう終わりなのだと俺に告げてきたのは、一本の電話だった。

『あ、高坂さんですか？　お久しぶりっす』

電話の相手は管理会社の人だった。

『高坂さん待望の転居の件なんですけど、めっちゃいいとこ見つかったんですよ』

「転居……」

そういえば、最初はそんな話をしていた。……すっかり忘れていた。

そもそも向こうのミスでこうなったということで、今と同じ家賃で、倍の広さの物件を見つけてくれたらしい。シェアハウスであり、ゲーム好きが入居条件というのは同じ。物件そのものはここの上位互換に思えた。

いつの間にかみんなと一緒にいるのが当たり前になっていて、俺もここにいていいんだと思ってた。でもやっぱり、女性のなかに男性が一人というのはおかしいんだ。

みんな楽しそうにしているし、優しく接してくれるけど、俺がいなかったらもっと楽しめるんじゃないだろうか。リビングを歩くのだって、お風呂や洗濯だって、きっとずいぶん楽になる。だったら、やっぱり……。

「……そうですね、一応そこで考えます」

そう答えて、電話を切る。

急に憂鬱な気持ちが持ち上がってきて、うなだれてしまう。その日は一日中、気分が晴れなかった。陽向たちが気遣ってくれるが、本当のことは口に出せない。

その日の夕食のときも、ほとんど会話がなかった。

彼方さんは普段と変わらずニコニコしていたけど、他の三人は心配そうに俺のことを見ていたので、俺が原因でこんな空気なんだろうと思った。

いたたまれず、食後は一人で外に出た。風にでも当たってこようと思った。

「はあ……」

外で深呼吸をする。まだ少し冷たい夜風が気持ちいい。

「待ってたよ」

道路との境目付近に、彼方さんの姿がある。

「俺をですか？」

近くに腰を下ろせる場所を探して、一緒に座った。

俺が普通じゃないことには彼方さんも気づいてるみたいだった。変に取り繕っても、意味はなさそうだ。いつかは話さないといけないことだ。

「……朝、管理会社から連絡がありました。転居先が見つかったから、転居できるって」

「なるほどね」

「俺は、転居する方向で話を進めました。俺がいないほうが、きっとみんなは気楽だって思って」

彼方さんは何も言わず、俺の話を聞いてくれた。

「俺はここが好きです。でも、話を進めてしまったし、俺が残ったらみんなにも迷惑かもって思ったら、どうしたらいいかわからなくなって……」

「どうするかは、伊織くん本人が決めなくちゃいけない。でも私たちがどう思うかなんてことは、私たちに聞かないとわからないよ？　他人の気持ちを勝手に決めて、自分なんか求められてるわけないいんだって考えて……。本当に出て行きたくて出て行くなら止めはしない。でも、相談なしで出て行かれるのは気分が悪いよ」

普段の彼方さんとは違う、強い口調でまくし立てられる。表情も少し怒ってるように見えなくもない。

「……私は、伊織くんと一緒にいたい」

彼方さんは、頬を赤く染めて恥ずかしそうに目を逸らす。

「ありがとう、ございます」

「どうして相談してくれなかったの？」

「きっと、転居を肯定されるのが怖かった……んだと思います」

「伊織くんはどうしたいの？」

「俺は、ここにいたい……」

「だったら、みんなにも、管理会社にもそう言おう」

「言っても大丈夫なのかは不安ですが……気持ちを伝えてみます。今日はもう遅いので明日の朝にでも」

「それがいいよ」

彼方さんのお陰で、とてもスッキリした。

みんなに話す決意もできた。自分が受け入れられるのか不安は残るけど、きっとこのまま終わったら後悔する。

＊

次の日。ご飯を食べた後すぐに、みんなに集まってもらった。なんだかソワソワしている真と陽向とは対象的に、結城さんと彼方さんは落ち着いていた。

「昨日みんな心配してくれたことに関連してるんだけど、伝えたいことがあるんだ」

勇気を出して、事情を話す。

年上二人の表情は変わらなかったけど、真と陽向は露骨に不快そうにする。

「なんでそういうことを早く言わないかなぁ」

「まあ、話してくれないよりはいいけど……」

やっぱり、ちゃんと話せと言われてしまった。

「俺はここにいたいんだ。みんなといたい。俺みたいのが男一人で紛れ込んだのに、変に邪険にしなかったし、優しく接してくれた。一緒に遊んでくれて、いろいろ助言してくれて、髪も切ってくれて、困ったときには助けてくれた……嬉しかった。一緒に遊んで、一緒にご飯食べて、たくさんのことを語り合えることが。だから、俺は、まだまだみんなと一緒にいたい」

言うと、周りがシンとした。

「だめ、かな……」

すぐに反応したのは陽向だった。

「私はそもそも反対してないし、押しかけてきたわけだからこの件についてはよくわからないけど……伊織くんを追いかけてきたんだから、伊織くんがいたほうがいいに決まってるでしょ」

次に口を開いたのは真。

「最初ならともかく、伊織はもう生活の一部なんだから、今更違う場所に行くとか言われてもやだな」

そして彼方さん……。

「私は伊織くんにそばにいて欲しい」

みんな俺にいて欲しいと言ってくれる。すごく満たされた気持ちで、とても嬉しい。けどまだ捻くれた心根は変わっていないのか、本当にいいのかと、不安が残っていた。

「……約束しただろ」

結城さんがボソッと言う。

「え？」

「高坂は、私のパシリなんだ。私のくだらない、どうでもいい頼みごとを聞いてくれるやつなんて高坂しかいない。しかも意を汲んで、頼んだ以上の結果を持ってくる。訓練されたパシリがいなくなったら困る。だからここにいろ……伊織」

そこまで聞いて、顔が緩んでしまう。結城さんは、捻くれた俺の心を理解してくれている。今俺に何が必要なのか考えて、その言葉をくれた。

「結城さんのパシリを辞めるわけにはいきませんね」

「だろ？」

「はい。ありがとうございます」

「パシリって言われて喜ぶなんて、とんだマゾヒストだな」

結城さんは俺が迷わなくてもいいように、命令されてここに残っているというかたちを用意してくれた。この人は口が悪いところもあるけど、初めからずっと、俺を助けてくれていた。

「みんな、ありがとう」

ここにいてもいいと言われたのが嬉しくて。俺と一緒にいたいと言ってくれたのが嬉しくて。何だか視界が滲んでしまっていた。

「そうと決まったら、早めに管理会社に連絡を取ったほうがいいのでは」

「そうだね。話が進んでるなら止めないと」

陽向と真に急《せ》かされて、携帯を取りだす。着信履歴から管理会社にかける。

『あ、その声は高坂さんっすね。どうされました？』

「えっと、転居の話なんですけど、やっぱりなかったことにしてもらいたいんですが」

勇気を出してそう告げたが、向こうは向こうで新しい物件を探すのが大変だったらしく、なかなか了承してもらえない。

しばらく問答を続けていると、結城さんがこっちに来た。

「貸して」

言われるままに、電話を渡す。

「高坂伊織と同居してる者です。伊織がここに残れないなら、他の四人も退居するんで」

いきなり電話口でそう告げる結城さん。いいのかな……？

しばらくして、結城さんが電話を返してくれる。

「喜んでキャンセルさせていただきますってさ」

すごい力技だ。助かったけれど、一歩間違えたらどうなっていたか。

「これで、伊織は正式にここの住人だね」

真は立ち上がると、俺の前まで歩いてきた。そして、手を差し出す。

「よろしくね」

俺も立ちあがって、その手を取る。今度は迷わずに。

「…………」

無言で差し出してきた結城さんの手を取る。初めてここに来たとき、できなかった握手。

ちょっと時間がかかったけど、これで全員に、ここにいることを認めてもらえた。

「よろしくお願いします」

みんなにペコリと頭を下げる。

ここへ来て、自分が変われてるのか、まだよくわからない。

でも、みんなが認めてくれるたびに少しずつ自信がついていっている。そんな気がした。

第二章　MAKOTO's story　恋とバスケとライバルと

リビングのソファでうとうとしたら、眠りこけてしまった。

このとき、ちょっとエッチな夢を見た。相手は――真だった。

『伊織ならいいよ……』

『……何が？』

『わかってるでしょ、そんなの。あまり恥をかかせないで……』

体の抑制が利かなくなる。自分にこんな度胸があったのかと驚きつつ、真へと近づき、手を伸ばす――。

「伊織！　起きて！」

体が揺らされる。目を開けると、ぼんやりと真の姿。

さっきの続きをと思い、真に近づく。手を伸ばし、真の肩を取って、顔を近づける。

「ちょっと、伊織？　だ、だめ、そんな急に……！」

その声で、現実に引き戻される。今やっと、途中まで夢で、途中から現実だと自覚した。

「ごめん……寝ぼけてた……」

慌てて真から離れて、少し呼吸を整えた。胸がドキドキする……。

「寝ぼけてたから、近づいたの……？」

「半分……」

起きてからなのか、夢の中からなのか、その判断はつかないけど、股間は元気になってしまっている。

「そ、そっか。早く起きないと、学園遅れるよ」

真は顔を真っ赤にして、走って行ってしまった。

＊

その一件からしばらく経った週末。真と二人で買い出しに行くことになった。二人でショッピングモールを目指す。

買い物客の数が多くて、はぐれたら見失いそうになってしまう……という理由で、俺たちは手を繋いで歩いた。

デートの定義はよくわからないけど、きっと二人でいることが一番の目的になるのがデートだ。それならこれはデートとは違う。それに気づき、少し肩を落としてしまう。二人きりなので、つい誤解してしまいそうになる。

けれど、真は恥ずかしそうにしながらも指を絡めてきてくれた。それが何を意味するのかはわからない。喜んでいいのか悩む。期待して空振りだったときが怖いから。

そのままあちこち回って買い物していたら、暗くなってきてしまった。

バス停は駅の横から下りたほうが少しだけ近いけど、夜景が綺麗だからと上を通った。

地元にいたら、こんなに明るい夜があるなんて知らないままだった。夜なのに多くの光が街を照らしていて、幻想的にも見える。

「……やっぱりカップルが多いね」

「そうだね……」

真は顔を赤くして、恥ずかしそうにする。

いつもの買い出しの延長くらいの気持ちでしかなかったのに、傍《はた》から見れば俺たちも完全に恋人同士のデートだ。

「あの、あのね……」

手をぐいっと引かれて、真と向き合った。抱き寄せられたと言ってもおかしくない位置に真がいる。

「卒業したら、地元に帰っちゃうの……？」

「……まだ考えてはないよ。でも、みんなと離れるのは寂しいなって思う」

真に言われて、卒業を意識する。帰郷するなら卒業はいいタイミングではある。

「私はね、卒業してからも、あなたと一緒にいたい。もし、帰るんだったら……私も一緒に連れて行って欲しい。一緒がいい」

それは、俺に好意があると言っているのとほとんど変わらない。

「あなたのこと、いいなっていうふうにはずっと思ってた。でも、本当に好きなんだって自覚したのは最近のことで。何にでも一生懸命で、私にないものを持ってて……。自覚したら、もうどうしようもなく好きになってた」

真が俺の顔を見つめながら、真剣に語りかけてくる。

「本当はね、もっと時間かけて、あなたといっぱい遊んでからだって思ってた。でも、こんないい雰囲気で、周りにはカップルばかりで、私、羨ましくて、我慢できなくて……」

自分のなかでいろいろな考えが生まれてはそうじゃないと打ち消される。ドキドキして、上手く頭が回らない。

「あなたが好き。抱きしめたくて、触れたくて、他のことなんてどうでもいいって思ってしまうくらいに、あなたが好きです」

真の頬を涙が伝う。本当の本当に、俺のことを好きだと言ってくれている。これを誤魔化したり、逃げたりすることは許されない。上手く言えないかもしれないけど、俺の想いを返さなくてはならない。

「……真は、いつも俺のこと見ててくれたよね。初めて会ったときから、今までずっと。一緒に歩いた三十分程度の道のりで、俺を悪い人間じゃないって言ってくれて……」

他にも、真はいろいろと俺に助言をしてくれた。それがどれだけ俺の励みになったか、言葉では言い表せない。勇気を出して、一番言いたかったことを口に出す。

「俺は、真が好き。これからも、ずっと見ていて欲しいって思う」

「ほんと……？」

「こんなときに嘘つける度胸なんてないよ」

「うん……そう、そうだね。あのね、私、おつき合いしたいなって……」

「ありがとう、よろしくお願いします」

「うん、よろしくね」

真は何かを催促するようにこちらを見る。おそらくはキスをして欲しいということなんだろうけど、間違ってたらと思ってしまう……。でも、いつまでも怯えて自分を信じれなかったら、これから一緒にいてくれる真に申し訳がない。

俺はそっと、唇を重ねた。

「ん……」

今まで触れたどんな場所よりも柔らかい。ただ気持ちを確認するだけの行為だと思っていたキスが、こんなに心地よいものだとは思ってなかった。

唇を離した真が囁くように俺に告げる。

「あのね……私、この前、伊織が寝ぼけたとき、なんか混乱しちゃって、みんなに相談に乗ってもらったんだ」

「そうだったんだ」

「だから私が最初になっちゃったけど、みんな、伊織のこと待ってるよ。そのときが来たら私のことは気にしないでいいからね。私、伊織のこともみんなのことも大好きだから」

そう言って真は無邪気に笑った。

＊

真と恋人同士になる前から一緒にやっていることがある。ランニングだ。陽向が来てからは三人で走っている。

真は足も速いけれど、とても体力がある。陽向を置いていかないように合わせてくれているが、一人で走ったら俺なんかよりもずっと速い。俺はここしばらく頑張って、なんとかついていけるようになったが……いや、まだ全然だな。

「伊織もだいぶ走れるようになったね」

「もうひと月くらいになるから。今日は試しに飛ばしてみたから疲れたよ」

家の前で先に陽向と別れた後、真と一緒に記録更新を狙って走った。真に言わせると、ちょっと無理くらいのことを繰り返さないとタイムは縮まらないらしい。

「マッサージするよ」

真が申し出てくれる。ときどき、俺をうつぶせにしてマッサージしてくれるのだ。

「結構筋肉ついてきたよね」

マッサージというよりは、なんだかさわさわされている。以前は少し控えめな触りかただった気もするけど、今はためらっている様子がない。

今までマッサージしてもらっていたときは、息子が反応する前に眠くなっていた。しかし関係性が変わり、無理に我慢することもないと思ったら、素直に反応してしまった。真のお尻の感触も普段より生々しく感じる。

元気になってること自体はいいけど、最初それを考えてなかったせいでポジションが悪い。ちょっときつかったので、少しだけ体を動かした。

「どうかした?」

「その、ちょっと、状態がしっくりこなくて……」

言葉の意味を量るように、真が考え込む。

「ど、どうにかしたほうが気持ちいいんだよね……?」

「そりゃまあ……」

「手で、してみていい……? その……気持ちよくしてあげたくて……」

真は俺の腰から下りると、俺をひっくり返した。股の間にちょこんと座っている。顔を真っ赤にして、盛り上がった股間を見つめていた。ズボンを下げて、息子を露出させる。

「こんなに大きくなるんだ……」

軽く竿を触りながら、まじまじと見つめてくる。

前に裸を見られたときも思ったけど、真は結構エッチに関心が強そうに思える。前と違って隠すことなく言葉が出てるみたいだけど、それがいちいちエロい。

「どうすればいいの……？」

「軽く握って、上下にさすってくれれば……」

「こ、こう？」

真の手で上下に擦られる。自分の手と違って感触がいいだけじゃない。視覚的にもエロすぎてやばい。自分の手と女の子の手とではこうも違うのかと衝撃を受けた。

極論、真がそこにいて見てるだけでも達することができそうな気がしてくる。それだけ真が魅力的だ。

「触れてるだけなのに、私も変な気持ちになってくる……」

真は少しずつ、確かめるように触りかたや速度を変えてくる。俺の反応を見て、大丈夫か確認してくれているようだった。

「びくびくしてる……」

そう言われた直後、急に柔らかいものが亀頭に触れて、驚いて出そうになる。よく見ると、真が先を舐めていた。

「んちゅ、ぺろ……んんん……」

まるでアイスクリームでも舐めるように、ぺろぺろと舌で先を舐める。先っぽから漏れ出ている液体を、真の舌がすくい取る。

手でするると言っていたのに、突如舐めてくれて驚いてしまう。嬉しいけど、そんなにすぐにいろいろなことを要求したいわけじゃない。

「……舐めなくても大丈夫だよ。無理しなくても」

「無理してないもん」

その言葉を証明するかのように、亀頭に舌を這わせる。生あたたかくて、これまでそこでは感じたことがない感触。そして真が舐めてくれているという事実に興奮する。

「ん……れろ……咥えてみるね……はむ……ん……」

真の口に咥えられる。歯が当たってびくっとしてしまったけど、真が慣れてないことの証明のような気がして嬉しかった。

「ん……ちゅる……」

温かい口内に包まれて、ちろちろと先端を舐められる。ちょこちょこと歯が当たっているけど、時間とともに少しずつ少なくなっていった。舐め方も変化していく。恐る恐る舐めていた感じから、積極的に舌を動かすようになっている。

ペニスに走る快感と、真が頑張ってしてくれている様子で、もう限界が近い。今後長持ちさせる努力をすると心に誓いながら、我慢できずに腰を動かした。

「ん、んんっ……」

唇に触れて、狭い穴を出入りする感覚が、とろけそうなくらいに気持ちいい。口だけでも気持ちがいいのに、手でも上手く刺激してくる。こんなの、もう何秒も耐えられない。真の口に包まれたまま、俺は我慢の限界に達した。

「出るっ……」

自分から出すというよりは、あふれ出るような感覚で、真の口の中に放つ。

「んんっ……ん、んんぅ……」

自分でしたときには感じたことのないような、根元から全部持って行かれるような感覚。こんなに出るのかと思うくらいに、真の口の中に出して行く。真はそれを全部受け止めてくれる。こんな快感がこの世に存在するなんて思わなかった。

「ご、ごめん……」

口からペニスを引き抜いて、真を楽にする。

「んん……こくっ……ん……はぁ……」

どうするのかと見ていたら、そのまま飲んでしまった。

「大丈夫……？　俺は嬉しいけど、真が嫌じゃないのかなって」

「嫌じゃないよ」

「なんか、そう言われると嬉しいな」

一応ティッシュで股間を拭いて、ズボンを上げる。

真はその間に、電気を消してくれた。真が戻ってきてから、一緒にベッドに転がった。

初フェラチオの感想などをお互いに言い合いながら、眠りに就く。

「初めて一緒に寝るね」

「真の体って気持ちいいから、すぐ眠れそう」

体を寄せて、抱きしめる。

心地よい疲労感と、真の体と匂いに包まれて、眠りに落ちるのはすぐだった。

＊

クラスメイトがどうしても外せない用事があるからと、掃除当番の交代をした。真と陽向もつき合ってくれたので、終わった後に喋っていたら夕方になってしまった。

「あれ、あれって葵《あおい》ちゃん？」

窓の外を見ながら陽向が言う。

真と一緒に、窓の近くまで移動した。

「そうみたい。背が高いから結構目立つね」

「周りも結構高いけど……」

「ここはバスケの強豪だからかも」

葵ちゃんというのは、クラスメイトの橘葵《たちばな》さんのことだ。

俺はぼんやりと、学園の入学式のときのことを思い出していた。

橘さんが、真に話しかけていたのを見た。

『真、久しぶり』

自己紹介のときも堂々として、ちょっと性格がキツそうな顔つき。背が高く髪が短くて、スポーツをしていそうな印象の人だった。

『葵もここだったんだ。久しぶり、前の大会以来かな？』

真は懐かしそうな顔で橘さんに微笑みかけた。

『結局、あなたには勝てなかったわ。でもこれからは一緒にやれるわね』

『あーごめん。私、バスケ部には入らないんだ』

『どうして？　あなたもスポーツ特待生だったんじゃ』

『ううん。普通に受験した』

『そう。どうして続けないの？』

『趣味のゲームに時間を使いたいなって思うようになって』

『無理強《むりじ》いはできないわね。勝てないまま終わってしまうのは残念だけど』

『……うん、ごめん』

わずかに表情を曇らせて、真はうつむいた。

趣味に時間を使いたいからとあのとき言っていたけど……本当にそうなんだろうか。

なんだか、本当はバスケもやりたそうに見えなくもなかったんだ。あのとき。

今、窓の外を見つめながら、真が少し沈んでいるような気がした。

そのときは陽向もいたので何も話さなかったが、ずっと気になっていて、俺は夜に真の部屋を訪ねた。

真は特に何か訊いてくることもなく、中に入れてくれる。

「昼間、落ち込んでた感じがしたのが気になって」

そう言うと、真は少し嬉しそうに目を細める。

「伊織はそういうのちゃんと気づいてくれる……」

「好きな人のことくらい、見てるつもりだよ」

「葵と再会してすぐのときは誰にも話すつもりなかったけど、今は伊織に聞いてもらいたいって思ってるんだから、変な感じ」

「聞かせて欲しいな」

真は少し目を伏せる。覚悟を決めているのか、言葉を選んでいるのか。

「私ね、今までずっと一生懸命になれなかった。全力を出してないつもりはないんだ。でも、振り絞ってる感じにはなれなかった。そんな私が部活にいたら失礼だって思った」

どこか苦しそうに話し始める真。

「断ち切ったつもりだったけど、完全には断ち切れなくて……。結局、誘いを受けてた今の学園に普通の試験で進学した」

スポーツ特待生の話は橘さんとしていたな。

「そうやってモヤモヤして沈んでたんだけど、そこで伊織に出会った。伊織はなんでも一生懸命で、眩しかった。私にないものを持っていて、すごく惹かれた。羨ましかったのかも知れないけど……私も伊織みたいになれたらなって」

俺は真の手を取った。

少し違うかもしれないけど……俺は知っている。振り絞れない、最後まで出し切れない、不完全燃焼の気分の悪さを。

そんなものとずっとつき合っていくことが、真にとっていいわけがない。一生懸命になるためにどうしたらいいかとか、俺が何故そうできてるかとか、難しいことはわからない。

でも、一緒に考えていくことはできるはずだ。

「真の抱えてる問題の解決方法は、今の俺にはわからない。でも、一緒に答えを探していきたいって思う」

「一緒に……？」

「うん。一緒にいろいろやってみよう。いろんなことをすれば、きっと何かつかめるよ」

「伊織となら、なんとかなるような気がする」

真は俺の手を握り返す。

「ホントのこと言うとね、伊織ならそう言ってくれるんじゃないかって、助けてくれるんじゃないかって、思ってた。少しくらいなら、頼ってもいいのかなって」

「期待を裏切らなくてよかった」

「うん……だから伊織のこと好き」

握った手に指を絡ませながら、真は体を寄せてくる。唇を重ねて、手が下腹部へと誘導された。

「ずっと、したいと思ってた……でも、ちょっと怖くて……待たせちゃってた……」

「真が望んでくれるだけでも嬉しいよ」

「今は、あなたが欲しい……」

真の手に力が込められる。押し倒されるのではなく、引き倒された。

ゆっくりと手を伸ばして、真の胸に触れる。

「あっ……」

手で触れるのと、他の場所で触れるのとではずいぶん違った。思った以上に柔らかくて、少し力を込めると跳ね返してくる弾力がある。

恥じらいながらも気持ちよさそうにする真の表情は、胸の柔らかさ以上に興奮させられる。単純に触りたいという気持ちと、もっとそんな表情が見たいという気持ちが合わさって、胸を触る手に勢いが増す。

次は真の秘部へと手を伸ばす。服の上からでも、じんわりと湿っているのがわかる。筋に沿って指を這わせると、真はまた体をよじる。

「んんっ、直接でもいいよ……」

俺の気持ちを汲んでくれたと思えなくもないけど、真自身が、服の上からでは物足りなくなったようにも感じる。

「脱がせてもいい……?」

「うん……お願い……」

真に促されて、服を脱がした。感触からそんな気はしてたけど、やはりブラはつけていない。下のほうは行為の邪魔になると感じたのと、何よりしっかり見てみたかったので完全に脱がせた。

「は、恥ずかしい……っ」

脱げたパンツは少し糸を引いていて、秘部の濡れ具合を物語っていた。改めてあらわになった秘部を見ると、こんなに濡れるんだと思うくらいに濡れていた。

そのままゆっくりと愛撫を続けていたら、真が股のあたりをモジモジさせて訴える。

「ん……あのね……欲しく、なってきた、から……っ」

真に言ってもらえて助かった。ずっと入れたくてたまらなかったから、こんなことを言われたらもう我慢できない。

ズボンを下げて、ペニスを露出させる。真の秘部にあてがった。

「いくよ……」

「うん……きて……」

ぐっと力を込めて、真の中に突き入れる。

にゅるっとした感触とともに、奥に導かれた。途中で少し抵抗を感じて止まる。

「も、もうぜんぶ入った……？」

「あ、いや、たぶん、処女膜ってこれなんだと思うけど、少し抵抗があって。大丈夫？」

「うん、大丈夫」

「いくね……」

「うん……っ」

ぐっと力を入れて押し込んだ。小さな抵抗を押し破る感覚とともに、奥まで入る。

「んくぅ……っ」

温かくて柔らかいものに包まれて、とても気持ちがいい。

真は少し辛そうな顔をしている。同時に、結合部からは薄っすらと血が垂れていた。

「真、大丈夫？」

「大丈夫……もう、全部入った……？」

「入ったよ。すごく気持ちいい」

「よかった……」

たぶん、痛かったんだろう。

動きたくてたまらないけど、少し真が落ち着くまではと必死に我慢する。でもこんなに心地よい状態で少しでも動いてしまえば、出てしまう気がする。

「ちゃんと、受け入れられて、うれしい……」

痛いだろうに、嬉しそうにする真が愛おしくて、唇を奪う。

「ん……んんっ……」

体を前に倒したせいで、モノが動いて中で擦れてしまう。たったそれだけでも、気持ちよくてたまらない。

「あっはぁ……ん……」

口を離して、真の様子を見る。

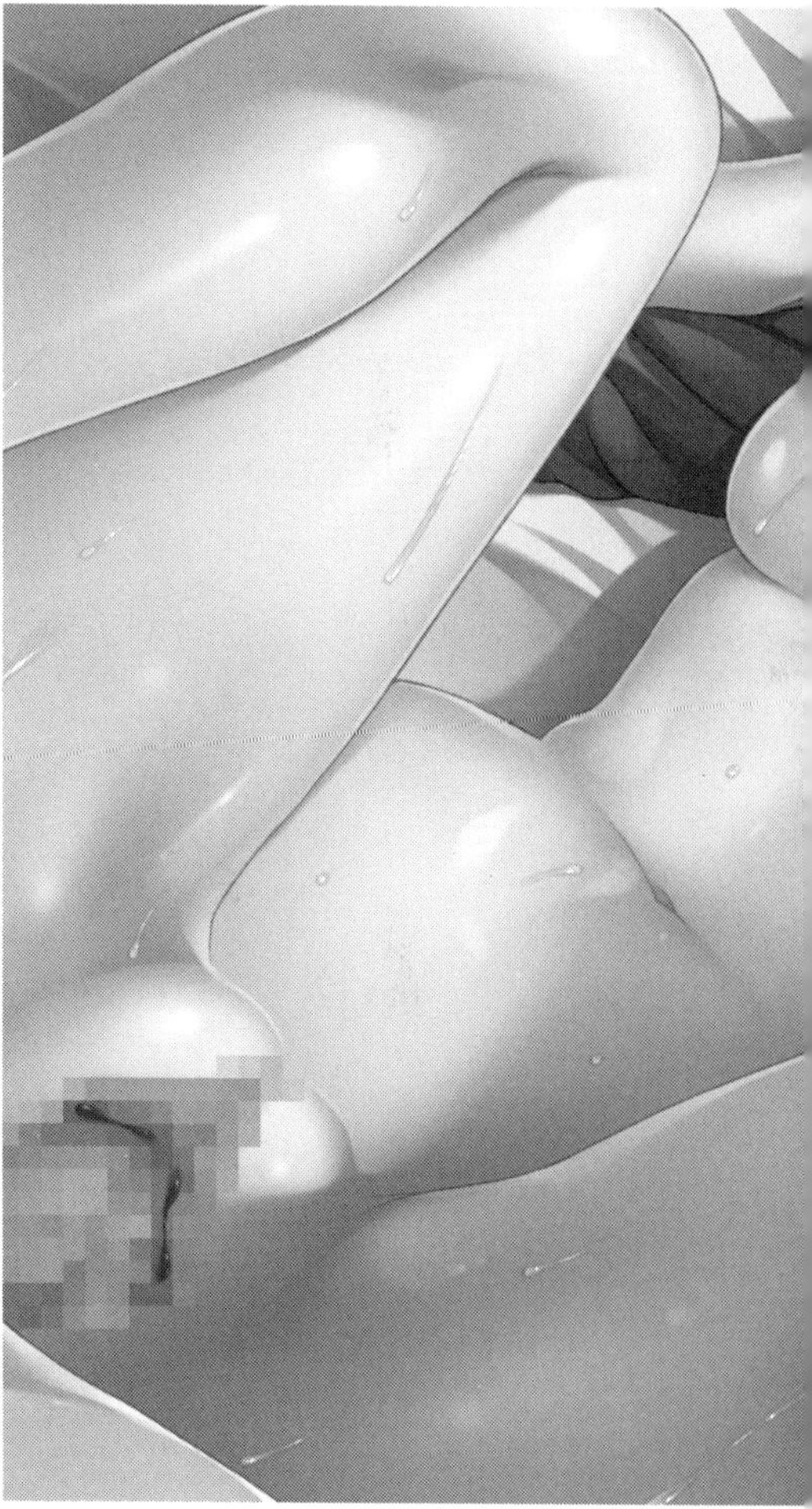

「ごめん、痛くなかった……？」
「もう、動いてもいいよ……我慢、してくれてたんだよね」
我慢をやめる。ゆっくりと腰を動かして、真を感じる。手や口のように、別のものに包まれている感じは少し近いけど、抱擁感が段違いだ。

「ん……あっ……んっ……」

ゆっくりとした動きだけでも、射精感が高まってくる。ちょっとした我慢の訓練も、本物の前には無残に崩れ去ってしまう。

「はぁ……あぁ……んっ……あっ……ん……中、押し拡げられてる……」

真も少しずつ馴染んでいるのか、表情が最初よりもだいぶ柔らかい。俺のほうは押し拡げるというより、奥へと吸い込まれている感覚がする。膣の中はぐにぐにと動いて、中へ中へと誘ってくる。

「お腹、いっぱいになっちゃうよぉ……」

真の意思かどうかはわからないけど、少しずつ締めつけがきつくなっていく。

たまらず、腰を動かす。

「んんっ……やっ、あっ、急に、速く……！」

心なしか滑りやすくなった気がした。

「あぁ……いっぱい擦れて……んんっ……」

真もそれが悪くないのか、少し反応が変わる。膣内がうねるように絡みついてきて、搾り取られそうになる。

「いっぱい動いて、すごいの……っ、もっと、欲しくなっちゃうっ……あっんっ……」

結合部からは水音が漏れ始めている。絡みついてくる膣壁は、今までにも増して密着している気がした。

お互いの腰が擦れてぶつかる。真の腰が動くたびに、根元からぐいぐいと引っ張られて、快感が止まらない。実際に中で包まれている快感に合わさって、限界になる。

「真、俺もうっ……」

「うん、私も、欲しい、あなたの……欲しいからっ」

欲望のままに真の奥まで突き入れる。思いきり押し込んだところで、膣内に吐き出した。

「あっ……あああっ……んっんんっ……あぁぁ……っ」

真も体をびくりと震わせる。それに合わせて、ゆっくりと最後まで中に出して行く。

「はぁ……ん……お腹、いっぱいだ……」

真は嬉しそうにお腹を見て、大きく息をついた。しばらく抱き合ったままでいる。

「もう、伊織には全部見せちゃったね」

「そうかな」

「そうだよ。私は底が浅いんだから」

真が言う全部が何なのかはわからない。

俺にはもう隠してることがないという意味なのか、裸のつき合いをするようになったということなのか。どちらの意味でも、筋は通っているのかも知れない。

でも俺は、本当の意味で真のすべてを見たい。今までのことも、これからのことも。

きっと、バスケをする真の姿は、かっこいいんだろうなと思った。

＊

その後も俺たちは何度も体を重ね、少しずつ愛を深めていった。

そんな折、学園ではスポーツテストが行われた。真と一緒にランニングを続けていたおかげで、俺の能力はかなり向上していた。

「よかったね、スポーツテスト上手くいって」

真も喜んでくれる。

「真が一緒に走ってくれたからだよ」

「どんどん走れるようになる伊織を見てるのは、私も楽しかったよ」

「俺は真が褒めてくれるのが嬉しかったから」

「二人で一緒にいると、二人ともお得だね」

俺は今、真に認められたくて頑張っている。走ることも、学園でのことも。

放課後、窓の外を見ていたら真がやってきた。ちなみに陽向は雑用で先生に連れ回され、教室にいない。

「帰らないの？」

窓の近くまで来て、外を見る。

「今日は橘さんいないね」

「基本的に体育館だろうから」

真も横に来て、一緒に外を見た。

「スポーツしてる人ってかっこいいよね」

少し嫌なことを言う。

でもこういう言い方をしてでも、真に火をつけないとだめだ。きっと足りない何かは、真がもう一度奮起することだから。

俺が真を見ていると伝えるだけでも、真が奮起するだけでも解決しない。真が実際に奮起して、それを俺が見て、見てくれている人がいるんだと真が実感しなくてはならない。

「……葵のこと気にしてるの？」

「気にしてるっていうか、かっこいいとは思うよ。実際に試合してるところとか見てみたいなって」

「そんなこと言われたら、妬いちゃうじゃん……」

真は俺の手を取ると、少し強めに引く。

近くの真の席に座らされると、真は少し視線を落として複雑な表情をしていた。

「こんなちょっとのことで妬いてたらきりがないってわかってるんだけど……。葵とだって、他の女の子とだって、仲よくしてくれたらいいなって思う……。でも、でもね、そういうの見るたびに、私をもっと抱きしめて欲しいって思う……」

真は上着のボタンを外しながら近づく。俺の足に跨るように座ると、首筋に手を回してきた。違うものも焚きつけてしまったらしい。

「焼きもち妬きでごめん……」

「妬いてくれるのも嬉しいよ。でも、ここだと誰か来ちゃうかも」

「もう、止まれないよ……きっと、誰もこない……っ」

真は腰を揺すって、俺のものを刺激してくる。

真だけじゃない、俺だって止まれそうにない。

自然に唇が重なった。気持ちを確かめ合うように、ゆっくりと絡み合う。初めのようなぎこちなさはもうない。

真の胸に手を伸ばす。ゆっくりと撫でるように触った。いつもと違って、下着があるのがわかる。

「ん……直接がいい……」

切なそうにこちらを見てくる。真のほうからそう言ってくれることが嬉しかった。胸をはだけさせて、直接触る。上からと直接とでは全然違う。肌に吸いつくような柔らかさと弾力が、気持ちを昂《たか》ぶらせる。

「んっ……はぁっ……あぁ……」

背中に回された手に力が入れられた。それが真も高まってきていることを教えてくれる。

胸を触りながら、口づけをする。もう片方の手をあそこへと伸ばした。下着の間に手を滑り込ませて、あそこを触る。

「あっ……いいっ……もっと……っ」

指を少し入れて親指で突起を触る。

「いつもより濡れてないけど、緊張してるのかな」

「そう、かも……教室だし……」

それなら時間をかけてゆっくりとしたい気持ちはある。けど、時間をかければそのぶん、見つかる可能性が高い。すでにギンギンになっているペニスを露出させて、真のあそこにあてがい、ゆっくりと入れていく。

「ん……くぅ……」

真は少しだけきつそうにするけど、しっかりと中まで入った。普段より濡れてないといっても、ぬるりと入っていくくらいには濡れていた。

手を真の体を支えるように回し、腰を動かす。少しすると、真のほうも腰を振り始める。

「んんっ……あっ……あぁっ……」

今までのエッチは彼女としているという印象が強かった。でも、教室でこんな格好でしていると、どうしてもクラスメイトとしているという印象になってしまう。興奮しないわけがない。真の準備が十分じゃないのに、勢いよく突いてしまう。

「はぁっ……ふぁっ……んっ……やっあっ……見つかっちゃう、よぉ……っ」

言葉では恥ずかしがりつつも、真は腰の動きを止めない。むしろ、動きは速くなっている。膣壁はぐにぐにと絡みついてきて、もっと欲しいと訴えてくる。

「んん……こんなの、見られたら……っ、もう、ここにいられない……っ」

腰を動かしながらも恥ずかしがる真が可愛くて、悪戯心に火がついてしまう。もっと真が気持ちよくなるように、思いきり突いた。

「あっんんっ！　声、出ちゃだめなのに……こんなの、我慢できない……っ」

強く突くと真は応えてくれる。膣内はひくひくと震え始めて、真の限界が近いことを伝えてくれる。俺も思いきり真の中を突いて、射精へと向かう。

「んっあっ……中に欲しいっ……熱いの、いっぱい、出してっ……私に……っ」

真も絶頂に向けて腰を振る。膣壁はぐにぐにと動いて、竿を刺激してくる。

そのまま奥に擦りつけて、思いきり出した。

「あぁぁっあっああっぁぁぁっ！　あっぁぁぁ……」

大きく体を震わせて、膣内が締まる。びくびくと痙攣しながら搾り上げてきた。

廊下に人がいたら、たぶん聞こえていたと思う。校舎内はシンとしているから、もし窓が閉まっていなければ別の階まで響いた可能性がある。

「声、出ちゃった……でも、人いないみたいで、よかった……」

　大胆なことをしてしまった。真となら、どんなことでもできそうな気がしていた。

「……伊織はさ、どんどん変わっていっちゃうよね。二ヶ月とちょっとだけど、ずいぶん変わった。最初からは信じられないくらい自信を持つようになってる」

　帰る途中、真がしみじみと言う。

「見てくれる人がいるからだよ」

「みんなのこと？」

「みんなもだけど、今は真が見てくれてるのが嬉しい。ここに来てからずっと一緒に歩いてきてくれたのは真だから」

「……ありがとう。でも私はだめだよ。伊織は変わっていくのに変われない。置いてかれちゃう」

「大丈夫。真は変われるよ。俺が保証する」

「……うん」

　不安そうな顔はすぐに笑顔に変わった。

＊

　昼休みになると、橘さんの周りに少し人がいた。どうやら、一年生なのに夏の大会のレギュラー候補らしい。

真にもその声は聞こえていたようで、なんだかしゅんとしている。

「気になる？」

「気になるけど……」

「今からでも部活はできるよ」

「……伊織といる時間が短くなっちゃう」

たぶんそれも本当の気持ちだ。でも、やっぱりまだバスケに未練があるように思えた。

俺は陽向にも協力してもらって、橘さんとこっそり話してみることにした。橘さんに、真と勝負してもらいたかった。

陽向が真をトイレに誘い出している間に、橘さんと話す。

「高坂くん、珍しいわね」

「真のことでお願いがあるんだけど……。俺はバスケのことは詳しくないんだけど、真と勝負をして勝ってくれないかな」

「……それが何になるの？」

「真にとって勝ちたいと思える相手を作りたいんだ。今の真には、勝てない相手が必要だと思う。失礼なお願いだっていうのはわかってるけど、他に頼れる人がいないんだ」

「天狗の鼻を折れってことかしら。いいわ。悪役になってあげる。彼女想いの優しい彼氏さんに免じて」

「ありがとう。助かるよ」

「まあそれは建前で、本心としては彼女がまた戻ってくるのなら協力したいというだけの話。その代わり、後のフォローと、真をバスケ部に戻すことはあなたが責任もってやると約束して」

「約束する」

「交渉成立ね」

その後、携帯に後日時間を合わせて勝負に誘うから、こっちでも勝負に乗るように手伝えと連絡が来ていた。

*

数日後――。

学園の帰りに、近くのスポーツセンターまで足を運ぶ。

橘さんが部活仲間と自主練で使うことが多いらしく、その流れで予約を取っていてくれたらしい。

これから、真と橘さんが勝負をする。初めは真も何故そんなことをするのかと乗り気ではなかった。でも俺と陽向からのバスケしている姿を見たいという要望に加えて、俺が橘さんを褒めていたら了承してくれた。

一緒に来ている陽向には、この間協力してくれたこともあってある程度話している。

中には、うちのバスケ部と思われる人たちが何人かいた。どうやらギャラリーらしい。知ってる顔が何人かいるなと見ていたら、二人が着替えを終えて出てくる。二人とも体操服ではなく、Tシャツと、クォーターパンツと言えばいいのか、バスケのユニフォームのズボンに近いものをはいている。

真は体育のときと同じでポニーテールにしていてかっこいい。靴は、橘さんは少し新しめで、真は使い古した感じのものだった。

ジャンケンをしながら、歩いてくる。勝った真が初めにボールを持った。

こちらを見て手を振ったかと思えば、すぐに真剣な表情で前を見る。

橘さんにボールを渡して、戻ってきたのを合図に、ドリブルを開始した。

真が切り込むと、すぐに進路を塞がれる。

橘さんは身長が高いので、リーチの関係でディフェンスも横に広い。

「彼氏に挨拶なんてずいぶん余裕ね」

「見てくれてるんだから、挨拶くらいは要るでしょ」

体を一瞬外に振ったかと思えば、真は内側に進んでいた。飛び上がると、体を横にして橘さんのブロックから距離を取りつつ、フックのように片腕でシュートをする。リングに当たらず、バサッと気持ちのいい音を立ててボールが入った。

「練習してないくせに精度が落ちないなんて、あなたもたいがい化け物ね」

「ボールを触るくらいはしてたから」

今度は橘さんが攻める。同じようにドリブルで入るけど、すぐに飛んだ。男子のようなフォームで、そのままシュートを打つ。単純な身長差で、真の手は届かない。

その後も、二人の攻防は続く。

「とてもサボってたとは思えない。ますます惜しくなるわね」

「サボってなんか……！」

「どう理由をつけようが、やってなかったことには変わりはない」

「そのおかげで得たものもあるから」

「彼氏のこと？　それは逃げているだけではなくて？」

「そんなんじゃない！」

橘さん、悪役になってくれるとは言っていたけど、結構ノリノリだ。

「前はあなたが上だった。でも遊んでいるあなたに負けるほど私は弱くはないわ」

「まだわからないでしょ」

「まだどっちが上なのかわからないのなら、あなたは思ったよりも鈍《なま》っているようね」

ほとんど差がなく積み重ねられていた得点だったけど、次第に偏りが出始める。

少しずつ、橘さんが引き離しつつある。真はシュートの精度が落ち、足も動かなくなり始めていた。橘さんは、それを微塵《みじん》も感じさせない。

「どんなにあなたが天才であったとしても、精度も、持久力も、感覚も、磨かなければ光らない。積み重ねた差を覆せるほどのセンスはあなたにはない！」

「私はもともと、天才なんかじゃない……！」

「なら、以前見せていたあの物足りなさそうな目は、驕り以外の何だったのかしら」

「そんなの、知らない……」

もう明確に差がついている。終わりをきちんと決めていたわけではないけど、真が追いつけるような点差ではなくなってきた。

「もう物足りなくないでしょう。本気を出しても敵《かな》わない相手が目の前にいる。私にすら勝てないんだから、先輩たちからすれば、足元にも及ばないわ」

橘さんのシュートが決まる。

お互いにもう終わりだと判断したのか、続

けようとする様子がない。橘さんはボールを拾い、真のほうへと歩く。真は膝に手を突いたまま、乱れた息を整えていた。

「次は努力したあなたと戦いたい」

「それは……」

「ということで、私は帰るわ。あとはよろしくね、彼氏さん」

橘さんは手を振って帰って行く。その後ろ姿に、ありがとうと声をかけた。

陽向が真を気遣い、お疲れ様と言っている。真は絞り出すような声でつぶやく。

「ありがとう。……でも……。悔しいな……」

「悔しいって想いは、きっと大切だよ」

真の手を引いて、家へと向かう。いつものように握った手だったけど、今日はなんだか、強く握りしめられた気がした。

＊

汗をかいていたので、先に二人でお風呂に入らせてもらった。

ご飯を食べた後は、俺の部屋で一緒に布団に入った。

「負けちゃった……」

「向こうは現役だから、仕方ないよ」

「葵と何か話してたの？」

尋ねられ、俺は真のために彼女が悪役になってくれた件について打ち明けた。

「……どうしてそんなことしたの？」

「今の真は、勝てない相手がいることをちゃんと認識することが大事だと思ったから」

「私が努力するように？」

「そうなればいいなって思った」

腕を競い合える存在がいることは幸せだと、俺もここに来て学んだ。

「確かに、悔しかった。……すごく。私は自分の感覚だとそんなに実力は落ちてない。持久力はある程度落ちてると思うけど、それでもあんなに点差がつくなんて思ってなかった……。葵は遥か上の存在で、今の私じゃ短期決戦でも敵わない」

「スタミナが切れ始めて差が開いたんじゃなくて？」

真は首を横に振る。

「違うよ。葵は最初手を抜いてた」

「そうだったんだ……」

真剣勝負で手を抜くということは、かなりの侮辱行為だと感じる。特にスポーツをする人は、その意識が強いはずだ。

「しかも、私は最初それに気づかなかったんだよ？　それだけ実力の差があったのに気づきもしないなんて……。葵の成長速度を見たら、もし私がバスケを続けてたとしても、きっと勝てなかったって思った。……本当に悔しかった。勝ちたいって、もう一回やりたいって思うくらいに」

「やってみてもいいんじゃないかな」

今の真なら、いつかは橘さんに勝てるだろう。一生懸命にやった先の勝利なら、もう同じようなことになんてならない。きっと、次を目指すから。

「そう、だね、そうだよね。ボロ負けだった。かっこ悪いところ見せちゃった」

「頑張ってる真はかっこよかったよ」

「そんなこと……」

「もっと見たいって思った。俺はスポーツなんてできないから、真を見てたらすごいって思うことがいっぱいあった。もっとすごいところをいっぱい見たいなって思ったよ」

「勝てなくても……？」

「頑張ってる真が見たいんだよ」

「勝てたら？」

「すごく嬉しい」

「……今度は、一生懸命にやれるかな。頑張ったら、褒めてくれる？　上手く行かなかったら、弱音吐いてもいい？　ちゃんと、見ててくれる？」

「もちろん」

「……もう一度考えてみる」

「よかった」

頭を撫でると、嬉しそうにする。

「今日はもう、寝ようかな……。おやすみ」

「おやすみ」

真は目を閉じて、寝る体勢に入る。

まだ考えが整理できてないみたいだったけど、どこか、スッキリしたような感じがしていた。

俺もそのまま眠ってしまい、朝になって目を覚ますと、横に真はいなかった。

どこに行ったんだろうと部屋の中を見渡すと、部屋の真ん中で伸びをしていた。

「おはよう」

俺が起きたことに気づいて、こちらを見る。

「おはよう」

「寝たら、なんだかスッキリしちゃった。……私、もう一回やってみる」

「バスケ？」

「うん。今日明日でって話じゃないし、今から入部させてもらえるかわからないけど」

「よかった。橘さんに怒られずに済むよ。引き受けてもらった代わりに、真をバスケ部に戻すって約束したんだ」

「そんなこと約束してたんだ。葵にもお礼言わなきゃ。私を認めてくれてたんだと思う。もう一度立ち上がれって言われてる感じがした」

「一緒に、頑張ろうね。俺はずっと見てるから」

「……うん、ありがとう。私も、伊織をずっと見てる」

「真が見ててくれたら頑張れる」

「私も、伊織が見ててくれたら頑張れる」

真はこちらに体を寄せてくる。そのまま、唇を重ねた。

「ん……」

顔を離すと、真は照れくさそうに笑った。

「ありがとう」

何に対してなのか、曖昧な言い方だったけど、今の真の笑顔は、とても素敵だった。

＊

後日、真はみんなにその件について報告した。

「私、バスケ部に入ろうかと思うんです」

「いいことだな」

「試合出るの？」

結城さんも彼方さんも興味津々《きょうみしんしん》だ。

「すぐには無理です。でも、一生懸命頑張って、レギュラーを勝ち取ります」

「寂しくなるね……」

陽向が泣きそうな顔で遠くを見る。慌てて真が言う。

「べつにここからいなくなるわけじゃないってば！」

「真が試合に出たら、みんなで応援に行きましょう」

俺の提案に、みんなうなずく。

「部活始めると、ご飯とか、できなくなることも多くなるかも知れません。遊ぶ時間少なくなっちゃいますけど、ちゃんと私のデータにもつき合ってくださいね」

「趣味が多いって大変だな」

「好きなゲームが同時期にふたつ出たときも大変」

「それはどっちか我慢しろよ」

結城さんと彼方さんの漫才を見て、真は苦笑いをする。

「これからは、最善を目指して頑張ります。大切な人が、見ていてくれるので」

真は俺のほうを見て、ニッコリと笑う。俺はそれにうなずいた。

「ひどいなぁ、真ちゃん。私たちだって、ちゃんと見てるよ」

「どちらかというと結構見てる」

「まあ、真が頑張ってる姿を見るのは悪くない」

「……ありがとうございます」

三人の言葉にうつむく真。涙を流しているようにも見えた。きっと嬉しかったんだろう。

好きなことと向かい合えるというのは、とても幸せなことだ。

俺もここに来て、思う存分ゲームを楽しむことができた。全力を出せるんだと思ったとき、とてもワクワクした。

きっと真も今そうなんだろう。橘さんと勝負しているときに垣間見《かいまみ》えた真の本気の姿。それをこれからずっと見ていけるのかと思うと、胸が高鳴った。

「いっぱい、ありがとうね」

真が言った。俺に対してと、元気づけてくれるみんなに対して。

第三章 AKIRA's story 恋とお母さんと心の傷と

いつものように風呂上がり、俺たちはリビングでお喋りをしていた。

「じゃあ、俺そろそろ寝ます。おやすみなさい」

俺がそう言ったタイミングで、みんな同じようにおやすみなさい、と席を立つ。

そのとき、結城さんがこっちに歩いてきた。

「まだ時間いい？」

「あ、はい、特に急いで寝ないといけない理由もないんで、遅くなりすぎなければ」

「じゃあ、ちょっとつき合って」

つき合ってと言われはしたものの、どこか別の場所に行くわけでもなく、俺の部屋に入った。テーブルの近くに二人で座る。

「えっと……。やっぱり、なんでもない」

なぜか目を逸らされる。少しの間、結城さんは黙ったままだった。いつもの気の強い感じでも、少し落ち着いてるときのお姉さん的な感じでもない。どこか弱さを感じさせる態度に、どうしたらいいかわからなくなってしまう。

「私は、強くなりたかった」

俺の目をじっと見て、話してくれる。見つめ合っているのに、逸らされたりはしない。

「大人になりたかった。年齢がとか、何かをしたからとか、そういうのじゃなくて、自立したかった。でも結局、人に頼りっぱなしなんだよ……」

そこで、言葉が止まってしまう。待てばいいのか、何か聞いたほうがいいのか、わからない。動けない自分が悔しい。

「ごめんな、意味わからないこと言って」

「いえ、俺でよければ、いくらでも」

「ありがとう」

少しだけ、微笑んでくれた。

「いつも、そうなんだよ。伊織といたら、それだけで少し楽になる」

スッと、結城さんは前に出る。距離はかなり近くなった。

「そういうこと、なんとなく、わかり始めてきた。だから、だからその……」

うつむいて、服の裾をぎゅっと握る。頬を赤らめて、潤んだ瞳でちらりとこちらを見ながら、何かを言おうとする。口を開いて、何かを言おうとして、また閉じる。

「……ごめん」

言えない、ということなんだろうか。

「大丈夫ですよ」

「最近はわかんないことばっかりだよ」

「何かあったんですか？」

「さてね」

「ずるいですよ」

「ずるくない。どっちかというと、伊織のほうがずるいからな」

「そうなんですか？」

「そうだよ。私は被害者なんだ」

そんなことを言うけど、顔には冗談だと書いてある。結城さんの気持ちは、初めに比べてだいぶ理解できるようになってきた。

「今日は部屋に戻る」

そう言って、立ち上がる。ドアまでほんの少しだけど、一緒に歩く。

「時間取らせてごめんな。また明日」

「はい、おやすみなさい」

「おやすみ」

きついのは外側だけで、内面はとても温かい。何度も助けてくれて、俺がいていい理由もくれた。照れ屋な、優しいお姉さんなのかと思えば、そうではない、弱い部分も覗かせて。不器用なりに、俺に気持ちを伝えようと頑張ってくれた。

だから、やっぱり——今度は俺が言う番なんだろう。

＊

翌日、食後に結城さんを外に連れだした。

真にはあらかじめ話をした。優しい真は、晶さんの力になって欲しいと言ってくれた。

彼方さんはなんとなく俺たちのことを察してくれているらしく、陽向は真と彼方さんの反応を見てなんとなく察してくれた。だからたぶん、家の前だけど、みんなが来ることはないだろう。

まだ夏と言うには早い時期だけど、どことなくそれらしさが出始めている。

「どこか行くの？」

「少し、二人きりになりたかっただけです」

玄関から出て、ちょっと進む。小さな段差のところまでくると、下りてそこで止まった。

振り返ると、思ったとおり段差の上にいる結城さんと、頭の高さが同じくらいになる。

「結城さん。昨日あれから、いろいろ考えました」

「そうか……」

「結城さんは最初、すごく怖かったです。言葉がきつくて、すぐに出て行けって言われて、
自分の立場もわかっていたつもりではいましたけど、やっぱりちょっと、怖かったです。で

も、俺がいてもいい妥協案として、あってないようなルールを提案してくれました」

「面倒だったから、わかりやすいのにしただけ」

「困っていたら助けてくれたり、変な失敗したところを見て、ただの怖い人じゃないんだって、思うことができました」

「お風呂とか、トイレのことはもう忘れてくれよ……」

「一緒にいるうちに、優しいお姉さんな一面も見えてきて、この人は頼ってもいいのかなって思うことができました。俺に、居場所もくれました」

「パシリがいなくなったら困るだけ。さっきから、褒めすぎだよ……」

「最近は、少し弱い部分も見せてくれるようになりました」

「……私は不出来な人間だから、誰かに頼りたくなるときもある」

「俺にそういう姿を見せてくれるのは、嬉しかったです」

「面倒くさい女なだけだよ」

　結城さんはさっきから、顔と体はこちらを向いているけど、目が泳いでいることが多い。その手も、強く拳を握ったり、緩めたりを繰り返していた。反応は、悪くないんだと思う。そう判断して、少し前に出た。体が触れそうな距離に立って、話を続ける。

「俺は、少し弱々しい、幼い感じのする結城さんも素敵だなって思いました」

「子供っぽくて、悪かったな……」

言葉を続けていくうちに、感情がどんどん昂《たか》ぶっていく。もう、我慢はできそうにない。

ぎゅっと、結城さんを抱き寄せた。

「え、ちょ、は、恥ずかしいだろっ」

抵抗は少しだけで、すぐになくなった。

「結城さんは、本心を言えない、素直になれない俺に、いてもいい理由をくれました。だから、今度は俺が言います」

「…………」

「俺は、結城さんのことが好きです。つき合ってください」

「……やだ」

フラれてしまった。かなりショックだ……。

「私は素直じゃない」

「それは、知っています」

「やめといたほうがいい。……私は」

何かを言おうと、結城さんは口を動かす。でも、言葉を発する前にやめてしまう。

強く抱き寄せると、もう一度言う。

「結城さんが好きです。つき合ってください」

「名前」

「え？」

「名前で呼んでくれたら、検討する……」

急に呼び方を変えるのは少し恥ずかしい。でも、そんなことくらいで諦めてしまう程度の想いではない。ちょっとだけ心の準備をして、再び想いを伝える。

「晶さんのことが好きです」

すぐには、返事がなかった。返事がないまま、とても多くの時間が過ぎる。

「……そんなに言うなら、つき合ってもいい」

「本当ですか？　よろしくお願いします」

嬉しくて、晶さんを強く抱きしめてしまう。

「キス、したそうな顔してる。したいなら、してもいい……」

その言い方に、少しだけ笑ってしまいそうになったけど、これが今の晶さんの表現の仕方なんだと、受け止める。

「はい、とてもしたいです」

「うん……」

晶さんは目を閉じて、俺を待つ。緊張して、心臓が爆発しそうなくらいに脈を打っているのが自分でもわかった。俺はゆっくりと、晶さんと唇を重ねた。

「ん……」

晶さんは身長こそ低いけど、態度や、見た目はトゲトゲしい。でも、その体や、唇はとても柔らかかった。感じたことのない妖艶な感触に、晶さんの体をつかむ手に力が入ってしまう。

「はぁっ……」

唇を離すと、息を大きく吸う。口にはまだ、晶さんの唇の感触が残っているようだった。

＊

その後、俺と晶さんはデートに行ったり、同じ部屋で一緒の時間を過ごしたりした。

明確な感情表現は未だにしてくれないけど、さり気なく近くにいてくれたり、楽しそうにしている様子を見ていると嬉しくなる。触れ合う機会も増えてきて、この間は肩車もした。肩車しているときの太ももの感触が、今でも強く記憶に残っている。そんなことを考えていると、悶々として、ムラムラしてきてしまう。

晶さんとこういうことになっているので、最近は真とエッチするのは控えている。ちゃんと処理しておかないと、また望まない場面で反応してしまう。

……と、突然ドアの開く音がしてそっちを見る。

晶さんが立っていて、目が合った。

最初はきょとんとしていた晶さんも、状況を把握したのか、顔を真っ赤にする。

「な、なな、な……」

慌てて閉めたドアを背にしたまま、火が出そうなくらいに顔を赤くして慌てている。

「なにやってんだ‼ そういうのは、見つかっちゃだめだろ！ 鍵くらいかけとけ！」

とても恥ずかしい。顔が熱い。でももうどうしようもない。開き直るしかない。

「鍵壊れてるんですよ」

ガチャガチャと鍵を弄《いじ》って確かめる晶さん。

「ほんとだ……」

「せめてノックをしていただければ」

「あ、そうか……ごめん……じゃなくて！ とりあえず、それ、仕舞ってもらえるか」

晶さんも混乱しているらしい。俺のほうはまだ何も出てないので、普通に仕舞う。いろいろと整えている間に、晶さんは中に入ってきて、ベッドに座った。

「入ってきたのが私でよかったな」

「そうかも知れませんが、なかなかにショックな展開ではあります」

「私も恥ずかしいのを何回か見られてるんだ。全部足したらたぶんチャラだろう」

しょぼんとしていたら、晶さんがスッと横に近づいてきた。今度はじっと目を合わされる。何を思っているのか、判断しづらい表情だった。

「彼女だし……したいなら、してもいい……」

予想していなかったことを言われて、戸惑ってしまう。股間だけちゃんと反応した。

「したくない？」

太ももに手を乗せ、上目遣いで言ってくる。しないなんて選択肢はなかった。

ゆっくりと晶さんを寝かせて、体を寄せる。自分の目の前で女性が股を拡げている様子に、とても興奮する。少し尺の足りていないパーカーは、普段からチラチラと太ももが見えていた。見えそうで見えない状態にずいぶん焦らされたけど、今その中身が丸見えになっている。

「こんな、脚拡げて、恥ずかしい……」

「やめますか……？」

「やめない……また仕切り直したら、勇気いる……」

やめないと言われてホッとする。ここでやめることになったら、生殺しと変わらない。

恐る恐る、晶さんの胸に手を伸ばす。小ぶりだけどちゃんと膨らんでいて、十分に興味をそそられた。

「んっ……」

今まで聞いたことないような晶さんの声が漏れる。服の上からでもとても柔らかく、心地よい。

「小さくて、ごめん……」

「そんなこと気にならないです」

確かに他のみんなに比べたら小さい。でも、それがまた愛らしい。服をめくると、晶さんの肌が露わになった。とても綺麗で、とても魅力的だ。ブラはつけておらず、胸まで全部見えてしまった。

直接胸に触れる。さっきまでと違って、肌の感触と温もりが生々しい。ビクッと晶さんが体を震わせる。

片手で胸を触りながら、もう片方を内ももに這わせる。ゆっくりと撫でながら、秘部まで滑らせていく。下着越しなのに、指が沈み込む。ヌルリとした感触がして、本当に濡れるんだと実感する。触れていると、これが割れ目なんだとわかる。割れ目にそって指を滑らせて、晶さんの大事なところを確かめていく。

「あぁっ、んっ、んぅ……」

ほぐすようにゆっくりと手でなぞる。意を決して、ペニスをズボンから出した。ペニスを晶さんの秘部に押し当てて、擦りつける。

「入れても、大丈夫ですか？」

「いいよ……」

ペニスを突き当てて、ぐっと押し込む。

「ち、違うっ！　そっちじゃない！　痛いっ、だめ……」

「す、すみません……」

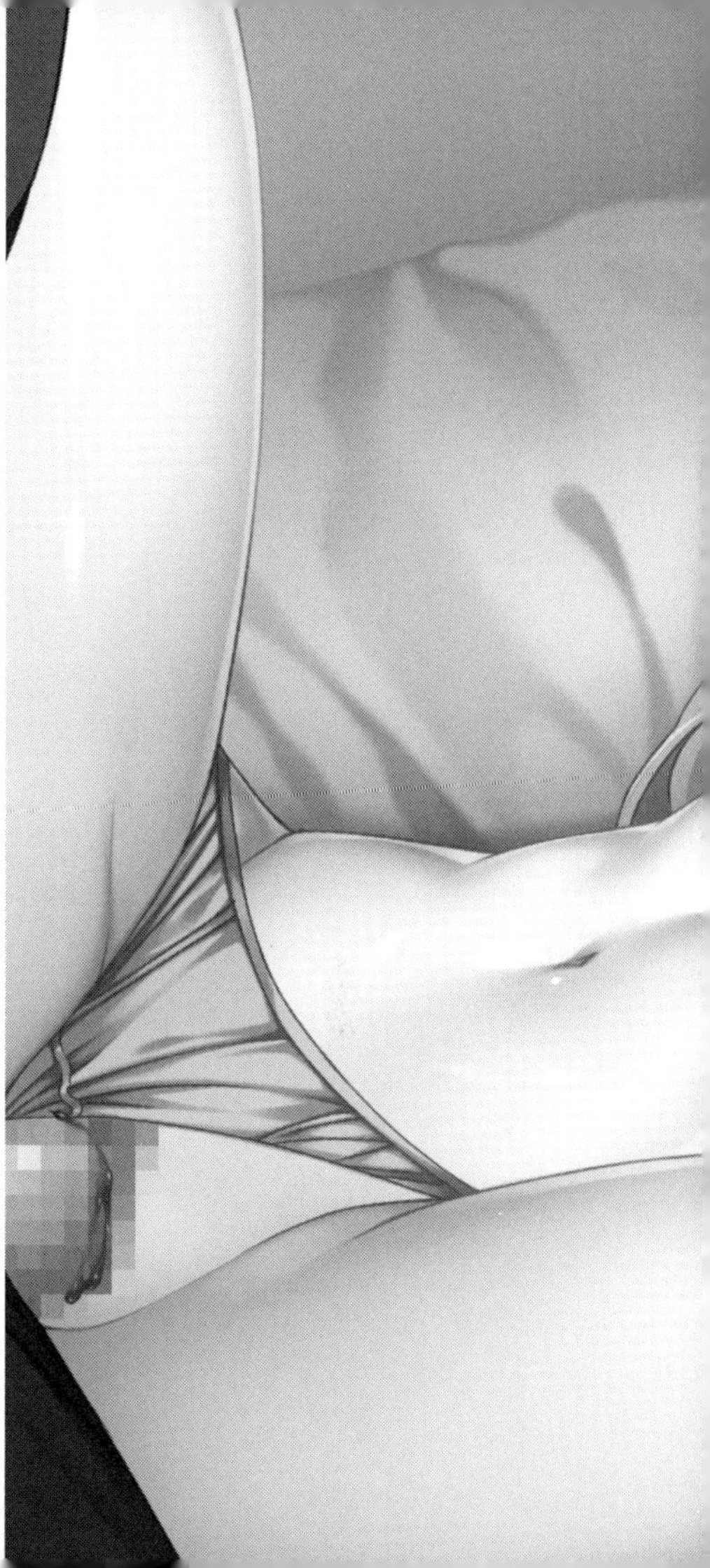

晶さんは体が小さいので、ふたつの穴の距離が近い。よく見ないで押し当てたために起こってしまった事故である。改めて上の穴に突き当てて押し込む。

「んっ、んんっ……んくぅ……」

途中まで入れて、少し抵抗を感じる。身構えつつ、さらに突き入れる。ヌルッとした感触とともに、奥まで入る。キツいけど、ちゃんと受け入れてもらえた。結合部から垂れる破瓜の血が、晶さんの初めてを証明してくれる。

「んんぅ……」

ちょっと痛そうだ。晶さんの息が乱れている。動きたいけど、我慢しよう。

「ちゃんと、できた……？」

「大丈夫です。できてます」

「よかった。小さいから、もしかしたらだめかもって……」

入っている部分をお腹の上から撫でるしぐさに、なんとも言えない嬉しさを感じた。少しずつ呼吸が落ち着いていく。

「そろそろ、いいよ」

晶さんは、きゅっとシーツを握る。いいとは言うけど、まだ痛いんだろう。でも、覚悟をしてくれているんだから、俺もそれに応える。何より、動きたい。

「んん……っ」

腰を動かすと、柔らかな肉壁に、竿が丸ごと擦りつけられる。自分でするときとは段違いな快感に、すぐにでも出そうになった。

「ああ……んっ……あっ……」

入っている部分は当然気持ちがいい。でも一番素晴らしいのは、俺が動くと晶さんが反応するということだ。少しずつだけど、行き来が楽になっていく。ぎゅっと締めつけられていた膣から、力が抜けていっているようだった。

「あっ、んんっ……ああっ、あっ……拡げられてる感じがする……」

晶さんも慣れてきたからなのか、緊張が解けていっているみたいだ。可愛くて、ついつい腰が速くなってしまう。

「あっ、激しいっ……んんっ……」

手でぎゅっとつかまれているかのような晶さんの締めつけに、射精感はどんどん高まっていく。晶さんも感じてくれているのか、体が小刻みに動いている。膣壁が吸いつくように絡みついてきて、まるで早く出せと言っているかのようにうねる。

「晶さん、もう……」

「ふぁっ、あっ、んんぅっ……」

奥まで突き入れると、一気に出した。ビクッと晶さんの体が震える。ぎゅっとシーツを握りしめ、何かに耐えるようにしながら、潤んだ目でこちらを見つめてくる。

「はぁっ……はぁ……んぅ……」

余韻に浸るようにゆっくりと中を行き来しながら、最後まで出し尽くす。結合部からあふれ出る精液を見て、その量に自分でも驚く。

「気持ちよすぎて、たくさん出ちゃいました」

「おかげで、お腹が熱い……」

晶さんは、再びお腹を撫でる。その様子は、なんだか嬉しそうに見えた。

＊

放課後、たまには一緒に帰ろうと、晶さんと教室で待ち合わせをした。

真はバスケ部の練習に行っており、陽向は気をきかせたつもりなのか先に帰った。

しかし、なかなか来ない。授業が終わってしばらく経つ。部活動以外の生徒はもうほとんど残っていないだろう……と思っていたら、晶さんが廊下から顔を出す。

「お待たせ。進路のことで、ちょっと呼ばれててな」

「これから、受験勉強シーズンに入りますね。お菓子くらいなら、差し入れします」

「勉強しないからお預け、とかしたらだめだからな」

妙に恥ずかしそうな言い方に、ちょっと違和感があった。

「お預けって……お菓子をですか？」

「い、いろいろだよっ」

言い方で、おおよその想像はついてしまった。意識すると、ムラムラしてしまう。

「晶さんは、最近エッチです」

いつの間にか、股間も大きくなっている。

「ま、待て、今？　ここがどこだかわかってるのか？」

「するのは、嫌ですか？」

尋ねると、晶さんはとても恥ずかしそうに、顔を逸らしてしまう。

「い……嫌じゃない……」

「お願いします」

「そんな悲しそうに言われたら、断れないだろ……」

晶さんは仕方なさそうに言いながら、上着を脱いでくれる。

服をはだけさせて、窓際に移動する。なんとか窓の微妙な段差に晶さんを乗せると、体を押しつけて落ちないように支えた。

「本当は、持ち上げてからしたかったんですが……。晶さんだからできることがしてみたいと思ったので」

「んっ……しょうがないやつ……」

ペニスを晶さんのあそこに押し当てて、擦りつける。焦らすように上下に動かして、晶さんを刺激した。

「あっ……んん……」

段々と、晶さんの体が熱を帯びていく。

「誰か来たら、丸見え……」

「晶さん、まだ少ししか触れてないのに、ぐしょぐしょに濡れてます」

「誰かのせいで変態になってしまった……」

「変態ついでに、違うほうに入れてみますか？」

冗談で、晶さんのお尻を手で撫で回す。

「ちょっ……こんなとこで、そんなぁっ……」

晶さんが喋り終わるのを待たずに、きちんと前の穴に挿入する。

「んんんんっ……」

にゅるんと、一気に入った。晶さんのあそこがぐしょぐしょに濡れているから、かなりスムーズに中に入る。でも、狭く小さくて、きつく感じるのは変わらない。

「見つかるから、早く、する……」

「はい」

晶さんに促されて、腰を動かし始める。晶さんの後ろには窓があるせいか、突き入れたときに体が後ろに下がらない。ただ、支えるのに一生懸命で前に比べて上手く動けない。

「早く、しないといけないのに、もっと、欲しいっ……」

晶さんの足に力が入ったかと思ったら、腰を動かし始めた。脚でぐっとつかまれて、揺すられている。今まで上手く動けてなかったぶん、急激な刺激を受けて射精しそうになってしまう。晶さんもイキそうなのか、膣口がひくひくと動いていた。

もう、さすがに限界が近くなってくる。胸から口を離すと、もう最後だからと、力を入れて無理やり腰を動かした。

「ああっ、あっ、はぁっ、んぅっ……あっ、急に動いてっ、あああっ……」

晶さんの腰が逃げないぶん、中を押し拡げている感覚になる。本当にこれだけ深く入れても大丈夫なのかと心配になるくらいに、腰を押しつける。

「あそこ、擦れる、いっぱいっ……暴れられて、無理やり、拡げられてるっ……」

中が小刻みに震えて、ペニスを刺激してくる。柔らかな膣壁がうねっていた。

「出して、たくさんっ……私も、いくからっ、あっ、ああっ……」

晶さんにだけ集中して、腰を振る。小さな穴で擦れて、限界になる。

「もう、イクっ、私、我慢、できないっ、いく……んっ、ふぁっ、もう、イッちゃう！」

晶さんを抱きしめるように、思いきり突き上げる。奥に押しつけて精を吐き出した。

「んんっ、んんんんっ――――!!　あぁっ、あっ、んぅ……ああっ、んっ……」

大きく背を反って、晶さんが震える。同時に、痙攣するように震える膣の中に、最後まで精液を出し尽くす。

「あぁ……まだ、出てる……んっ……びくびく、して……」

余韻に浸っていたかったけど、一気に疲れが押し寄せてくる。

「休んで、帰ろう……？」

「はい……」

すぐにでも倒れたいところだけど、晶さんまで巻き込んでしまう。最後の最後に、晶さんを下ろしてから倒れ込んだ。

＊

ある日、耳がかゆいと言ったら、晶さんが耳かきをしてくれることになった。

しばらく普通に喋っていたが、不意に晶さんは、

「なあ、私な……」

そう言いかけた。

ちょうどそのとき、真がリビングにやってきた。照れた晶さんは話も、そして耳かきも放り出して逃げてしまった。

さっき何を言おうとしたんだろう。訊きたかったが、その日はそれっきり、話をするタイミングがなかった。

翌日、お風呂上がりの晶さんに誘われた。

「伊織、ちょっといい？」

部屋に来いと言うので、訪ねていった。晶さんに誘導されて、ベッドに座る。晶さんはすぐ横に座って、もたれかかってきた。

「改めてこんなふうに時間をとって話すことじゃないとは思うんだけど……少し、暗い話

になると思う」

「はい」

晶さんはひと呼吸おいて、俺の手を握る。

「私さ、母子家庭なんだ。それで、お母さんとは仲が悪い」

そういえばいつも家族の話題を避けていた。晶さんはうつむき、言葉を続ける。

「私が小さいときに、両親が離婚したんだ。私はお母さん、妹がお父さんについていった。普通は、幼いほうがお母さんについていくよな。でも、妹はお父さん大好きで、離れようとしなかった。それで、お父さんと行くことになった。……私はお母さんが大好きだった。でも、そのときは妹と離れるのがすごく嫌で、妹と一緒にいたかったから、私もお父さんがいいって言ったんだよ」

苦しそうに、晶さんは唇を噛む。

「私は、周りから見てもわかるくらいにお母さんっ子だった。そんな幼子が突然お父さんがいいって言いだしたって、当然聞き入れられなかった。だから、最初の話のとおりにお母さんについていった。でも……お母さんを泣かせてしまった」

それが、いくつのときの話なのかはわからない。けどきっと、今のようにいろんなことを考えて判断できるような年齢ではなかったんだろう。

「私が本心を伝えた結果、妹と一緒にいることもできず、お母さんとの関係にヒビが入った。……ああ、本当の気持ちって言ったらだめなんだ。私が気持ちを伝えると、誰かが傷つくんだって思った……。今なら、違うってわかるよ。本当のことを言ったからよくない結果になったんじゃない。むしろ、本当に本当のこと、妹と一緒がいいと言えば、お母さんの反応もまた変わってたはずだ。けど、そのときの私にはそんなことわかんなかった」

当然だ。小さい頃に、大人がどう思うかなんて考えては話せない。

「私は今でもそのときのくだらない感情を引きずってる。大切なことを言おうとすると、嫌な感情が湧き上がる。頭では大丈夫だって思っても、不安でたまらなくなる」

「でも今、その話を聞かせてもらえてます。きっと、克服できてきているんですよ」

「何を言っても真意をくみ取ってくれる誰かのおかげだよ。でも、一番大事なことは、まだ言えていない……」

「言ってもらえるのを、待ってますよ。いつまででも」

晶さんの態度は、かなり好意的になってきている。ただ、俺のことが好きとは一度も言ってくれていない。

「ごめん……」

「俺も同じ立場だったら、待っていてもらいたいって思うはずですから」

「普段ワガママ言って甘えまくりなのに、こういうときだけかっこつける」

俺が一度そんな感じのことを言ったからなのか、エッチなお願いとかは、晶さんは甘えているらしい。でも確かに、きっと許してもらえるからと、晶さんの優しさに甘えている気がする。

「でも素直に求められるからこそ、安心してるんだと思う。私は、必要とされてるんだって……。私は少しずつ変われてる気がする。でもさ、母さんとの関係はそのときヒビが入ったまま。今でも仲が悪い。互いにあまり干渉しない」

「……寂しいですね」

その言葉が意外だったのか安心したのか、晶さんは少し笑ってくれた。

「そう言ってくれる人でよかった」

「家族と仲が悪いのは寂しいですよ」

「寂しかったよ。私もずっと、お母さんの気を引こうとしてた」

でもそれは上手くいってないと、現状が物語っている。

「美味しいご飯作れば、喜んでもらえるかなって、頑張った。成績がよくなれば、褒めてもらえるかなって、努力した」

「すみません。俺、晶さんの成績知らないんです……」

「そういえば言ってなかったっけ。私は授業料免除されてるんだよ。成績優秀者だから」

そうか、だから母子家庭なのに付属に……。

「すごい人でした」

「もっと崇めてもいいぞ。……で、まあ、いい子になろうと頑張ってもだめだったから、今度は髪を染めてみたけど、やっぱりだめだった」

「染めてたんですね」

「地毛は黒だよ」

「いろいろしてみてだめだったというのは、反応がなかったということですか？」

「一言二言はあったよ。やらないよりはマシだったんだろうし、そのおかげで力がついてることも考えたら、悪くなかった。頑張ってよかったって思ってるよ。……でもさ、やっぱり、もっと見て欲しいって思ったよ」

晶さんの話を聞いていると、自分の家庭がとても幸せだったんだと思えた。

積極的に見てくれていたのは爺ちゃんだったけど、両親も、婆ちゃんも、何か成果をあげたら一応のリアクションはあった。そして何より、ずっと見てくれていた陽向がいた。

「結局いろいろ耐えられなくなって、それまでに稼いでたバイト代を使って、ここに住むようにした」

「そういう経緯があったんですね」

「でも、でもさ、私は、本当は……」

少し言い淀む。きっと、一番言いたくて、言えなかったこと。

「お母さんと、仲よくしたい。褒めてもらいたい……。昔みたいに、他の子供がそうしてもらってたみたいに、いっぱい抱きしめて欲しい……」

言っていることは、子供じみているかも知れない。でも、ずっと晶さんの境遇なら、そう思うことが自然なんじゃないだろうか。たった一人の家族に認めてもらえないというのは、とても辛い。

「自分じゃどうすることもできなくて、弱音を吐きたくて、ずっと誰かに言いたかった。でも、家庭の愚痴なんて迷惑だって思って、言えなかった。つき合うことになって、彼氏ならって思った。でもだからこそ、巻き込むことになるんじゃないかって……」

「彼氏とか、彼女とか、そういうことがなくても、困っている晶さんを放っておくわけにはいきませんよ。上手くできるかどうかはわかりませんけど、お母さんとの仲直りに、協力させてください」

彼氏かどうかじゃない。俺がしたいかどうかだ。

「きっとそう言ってくれるんだろうなと思ってた。でも、やっぱり迷惑だろうし、重いって思われたらって、怖くなって……」

「俺は晶さんのパシリです。パシらせればいいんですよ」

「……パシリの範疇《はんちゅう》を超えてるよ」

「俺たちは、きっと二人とも捻くれてるんです。だからこうやって、別に理由を作る必要があるんです」

俺がここに住めるようになるまで、晶さんがそうしてくれた。俺はその恩も返さなくてはならない。

「……ばかなやつだな」

「晶さんと一緒にいられるのなら、それでもいいです」

「なら……お願いする。私は、お母さんと仲直りしたい。私を、助けて欲しい……」

「はい。もちろんです。もっと俺を、信じてください」

「信じる」

晶さんはこぼれる涙を隠すかのように、俺の腕に顔を埋める。クールで気の強いお姉さんだと思っていた晶さんは、年相応に弱い女の子なんだと、改めて実感する。

晶さんは覚悟をして、俺に話してくれた。

何をすればいいのかまったくわからないけど、俺がどうにかしなくてはならない。とりあえずは、晶さんにお母さんのことをたくさん聞いて、一度会ってみてからだと思った。

＊

ご飯を食べた後、晶さんと一緒にゲームで遊ぶ。

対戦でもしようかと話したら、見てると言われた。代わりに、椅子になってもらうと言われて、俺は今、座椅子にされている。

「こうやって座ったり、抱きしめてもらったりして、小さくてよかったって思うことは増えてきた」

「よかったです。気にならなくなるといいんですけど」

「伊織がいてくれたから、小さくてもいいことあるって、いろいろ気づけた。これからもっと見つかっていくんだろうな」

「背が高いほうがお得なことは多いかも知れないですけど、小さいことのメリットは、大きい人にはできないことばかりですから」

「客観的に見れば、きっと背が高いほうがいいんだろうって思う。日常生活だと、絶対得なことが多い。でも、私は一緒にいる人が可愛がってくれるから、きっと小さいほうが幸せなんだよ」

「そんなこと言われたら、照れてしまいます……」

「そろそろゲーム終わる……？」

「きりがいいですね」

「じゃあ、その……えっと……したくなったと、いうか……」

「俺も、晶さんがくっつきっぱなしで、少しムラっときてました」

「勃ってたし……」

「このまま、しますか？」

「このまま する……」

俺は、晶さんを抱き寄せた。すると晶さんは、恥ずかしそうにぼそっとつぶやく。

「お尻……できるように、してきたから……」

「え？」

「綺麗にしたから、たぶん、大丈夫……」

中まで綺麗にしてくれたということだろうか。

「いいんですか……？」

渡されたローションをお尻の穴とペニスに塗りたくる。お尻の準備というのがよくわからないけど、こういうの持ってきてくれたということは、調べてくれたんだろう……。

「持ってたんですか？」

「買ったに決まってる……恥ずかしいから、通販……」

「なんか、申し訳ないです……」

「したがってたから……ちょっと興味はあるし……したいこと、してあげたい……」

「……ありがとうございます」

晶さんのお尻をヌルヌルにして、指でほぐす。ペニスを晶さんのお尻に押しつけて、改めてローションをまとわりつかせた。

「いきます……」

「うん……」

　お尻の穴にペニスをあてがって、ぐっと押し込んでいく。

「んっ、あっ……くぅ……」

　ぎちぎちで、膣よりとてもきつい。本当に入るか不安だったけど、晶さんの様子を見ながら続けた。

「んっ、んん……んぅ……くっ、はぁっ……」

　なんとか、いい位置まで入る。でも、動かすのもきつい。晶さんの穴は普通よりも小さめだ。だから他の人と同じ手順でできるかは怪しいところはある。

「ぎちぎちに締まってて、動くとイキそうです」

「動いて、いいよ……」

　腰をゆっくりと動かしていく。ローションのおかげで動けるけど、とても

きつい。膣に比べると柔らかさはないけど、きついぶん刺激がとても強い。気持ちよさで言えば、膣のほうがいいかも知れない。でも、お尻に入っているという状況が、何よりも興奮した。

「お尻、ずぶずぶされてるっ……ああっ、ふっ、深いよぉ……」

膣と違って、ペニスでは行き止まりまで到達できない。そのぶん、奥深くまで入る。

「気持ち、いい……？」

「すごく締めつけられて、気持ちいいです」

晶さんがわざわざ準備してくれたんだから、存分に楽しまないと申し訳がない。動きにも少し慣れてきた頃だと思うので、腰の動きを速めた。ペニス

が、晶さんのお尻の穴を行き来する。きつく締まった尻穴を、強く擦れながら中に進む。突き入れるたびに晶さんは体をびくびくと震えさせ、床をつかむようにして刺激に耐えていた。

「あっ、んっ、ああっ、お尻、なのにっ、気持ちよく、なってっ、んんっ……」

晶さんの体が火照りを増していく。うっすらと汗を浮かべていて、肌が艶《なま》めかしい。馴染んできたのか、動きがスムーズになってきた。滑らかに動くと刺激はとても大きくなる。

「ああっ、ふぁっ、んっ、んっ、あっ、んぅっ、あそこ、きゅんきゅんするっ……」

そっちも欲しくなっているということだろうか。あそこからは、さっきの精液が漏れ出している。お尻で感じているぶん愛液もあふれていて、どろどろだ。なんとなく、指を入れてみる。

「ひっ、なんで、そっちもっ……あああっ、ふたつとも、入れられてるっ、んんっ」

体を大きく捩って、晶さんはびくびくと反応した。両方の穴から、卑猥な水音が響く。

「同時とか、卑怯だっ、ああっ、こんなの、すぐ、イッちゃうっ、んっ、あっ、んんっ」

晶さんが身を捩るせいで、俺のほうも強く擦れる。加えて、お尻の穴に入れられて乱れる晶さんを見ていると、もう我慢ができなくなってきた。

「中に出しますね」

指を抜くと、晶さんの体をしっかりつかむ。絶頂に向けて、激しく突いた。

「お尻で、気持ちよくなって、イッちゃうっ、ちんちん、入れられてっ、ああっ！」

晶さんも近いようで、腰が小刻みに震えていた。

一緒にイキたいと気持ちを込めて、一心に抽送をする。ペニスを根元まで突き入れて、注ぎ込んだ。

「ああっ、あっ、ああぁあっ、あぁああああぁっ‼」

晶さんは痙攣して、絶頂を迎える。吐き出した精液をお尻の穴で受け止めてくれた。

「あっ、はぁっ、中に、入ってくるっ……どくどくって、熱いのがっ……」

お尻の穴から漏れ出るわずかな精液を見て、少し背徳感を覚える。

「晶さんのお尻、気持ちいいです……」

「私も、気持ちよかった……もう、変態だ……」

「二人ともが気持ちよかったならそれでいいですよ」

「二人だけの、秘密だからな……」

恥ずかしそうな、でも快楽に浸っているような表情で、晶さんはこちらを見てきた。

＊

後日、もう一度きちんと話したいと晶さんに言われ、外に出る。

「お母さんのこと話してから、いろいろ考えてた。私はまだちゃんと気持ちを伝えてないのに、都合よく協力して欲しいとか言って、ずるいなって。でも、仲直りに協力してくれるって言ってくれて、気持ちを共有できてとても嬉しかった。私は大事なことを言ってないのに、たくさん愛してくれた。だから、信じて言おうって思った。もっと、前に進みたいから」

晶さんは一所懸命、ゆっくりと話してくれる。

「普通の女の子ならすぐに言えてしまうことを、こんなに頑張らないと言えないなんて、滑稽だけど……」

「いえ……だからこそ、晶さんの言葉には、重みがあると思っています。きっと本心でなければ、ここまで必死になってくれません」

晶さんが気持ちを上手く言葉にできないのは、俺以外の人と接している様子を見ていても明らかだ。それをどうにかしようとして、真剣に悩んで、今伝えようとしてくれている。だから、どれだけ本気なのかが伝わってくる。

「そうやって、いつも私のことを肯定してくれるね」

「思ったことを言っただけですよ」

「初めて会ったとき、辛く当たってしまって悪かったって思ってる」

晶さんは申し訳なさそうにする。でも今思えば、晶さんが平気だったとしても真や彼方さんは違った可能性がある。それを言いだしやすくするように、晶さんがあえて悪者になったということなのかもしれない。

「でも、陰気だけど思ったよりいいやつだったし、いろいろ変なところも見られたけど、茶化したり、みんなにバラさなかったし、ちょっとずつだけど、悪くないなって思うようになってた……」

真剣な眼差《まなざ》しで、じっと俺の目を見つめてくる。

「私は……私が辛く当たっても、意図をくみ取って、不器用な私を理解してくれるのが好き。秘密にしてくれって言ったら、秘密にしてくれるのが好き。一緒の趣味で、わいわい遊ぶのも、勝ちにいくのも、両方一緒に楽しんでくれるのが好き。頑張って作ったご飯を、すごく美味しそうに食べてくれるのが好き。……全部は言い切れないけど、そういう好きなところがいっぱいあったからこそ、悩みに気づいてくれて、本当に嬉しかったんだって、やっと気づけた。いいなって思ってる人に悩みに気づいてもらったら、惚れて当たり前だと思った」

「恥ずかしくてなんと答えればいいか……」

「その後だって、私の気持ちをちゃんと理解して、私が言わなくても私の望みを叶えてくれた。お母さんの話をしたときは、本当に救われた」

「まだ、何もしてませんよ」

晶さんから、お母さんがどういう人物か聞いているだけだ。写真を見せてもらったら、晶さんを大きくした感じの美人だった。

「スタートすら切れなかったときと、スタートを切れたってことは天と地ほど違うから」

ずっと動けなかったことが気がかりだったらしい。進み始めたことを喜んでくれている。

「つき合う前は教えてなかったことだから。お母さんのことも含めて、もしこれまでの私に不満があったら……ここで別れてもらっても構わない……でももし、私でもいいなら、ちゃんとつき合って欲しい。あのとき言えなかったことを言うから」

晶さんは視線を外さない。でも、震えているのがわかる。

「私は、伊織のことが好き。だから、つき合って欲しい。こんな私でいいなら、つき合って、ください」

晶さんの目には涙が浮かんでいる。心の傷は理屈じゃない。どんなに大丈夫だとわかっていても、怖い。

「もう、つき合ってますよ。俺の気持ちは変わりません。晶さんのことが好きです」

「……ありがとう。言って、よかった」

晶さんは、目を伏せてしまう。少しの間、涙を拭っているのが見えた。再び顔を上げると、落ち着いたようだった。

「ずっと、ずっと言いたかった……ごめん」

「待った甲斐がありました」

「これからは、お前にだけは、素直になれると思う。他の人は、そのうちなれるように頑張る」

「一緒に頑張りましょう」

「今の私は、とても幸せだよ」

＊

数ヶ月後――。

晶さんとつき合ってから最初の夏に、二人でお母さんに会いに行った。一緒に、当時の晶さんの気持ちを話した。

そうしたら、お母さんも晶さんと仲よくしたがっていたことがわかった。でも、どう接したらいいのか、全然わからなくなってしまったと、泣かれてしまった。

会って、話し合ったことで互いの誤解が解けた。すれ違いが解消したから、これからは開いてた溝を埋めていく、と晶さんは言う。

まだ時間はかかるかもしれないが、ちょっとずつ前に進んでいるようだ。

「ずっと動かなかった関係が動いたんだ。どれだけ感謝しても足りないよ」

そう言って、晶さんは嬉しそうに笑った。

第四章　KANATA's story　恋と仕事ときょうだいと

プログラムのことで聞きたいことがあったので、彼方さんの部屋を訪ねた。

「お邪魔しま……す？」

中に入ると、彼方さんがソファに転がっていた。テーブルの上にはお酒の缶が幾つか並んでいる。ソファに転がっているのはお酒のせいだとは思うけど、飲んで気分が悪くなってしまった可能性も考えられる。

「大丈夫ですか？」

言いながら、彼方さんの近くに向かう。ソファの空いている隙間に腰かけて、テーブルの上を軽く片づける。

「くっついていい？」

「いいですけど……」

そんな色っぽく迫られて拒否できる男はいない。

彼方さんは俺に寄りかかると、肩に頭を預けてきた。

「何かあったんですか？」

お酒はストレスの発散になるという意見も聞く。彼方さんもそういったことで飲んでいる可能性がある。

「ちょっとね。やだなーって思うことがあった」

「そうだったんですか……大丈夫ですか？」

「大丈夫。伊織くん来てくれたから」

肩に頬を擦りつけてきて、それ以上は話してくれない。ここまで話して続きがないということは、内容までは俺に言いたくないということなんだろう。それでもこうしていることで彼方さんの気がまぎれるのなら、それでいいと思った。

「一緒に寝る？」

「酔った勢いだと後悔しますよ」

「ぶー」

ふてくされているようで、わかっていたというような態度にも見える。

少し落ち着いたと油断していたら、体を寄せられるだけじゃなく手も握られてしまった。

「ごめんね、頼って。お姉さんなのに、メンタル弱い」

「詳しいことはわかりませんが、誰にでもそういうときはありますよ」

「結構、寂しがり屋なんだぁ……」

それを最後に彼方さんの言葉は途切れて、代わりに寝息が聞こえてきた。

彼方さんは大人のしっかりした女性なんだと思っていた。でも、ちゃんと弱い部分もあるんだと認識を改める。そうなると、俺のベッドに忍び込んでいた行為にも、意味があるような気がしてくる。それに気づくことができずに、ただの悪ふざけだと判断していた自分が悔しい。彼方さんからのサインだったのかも知れないのに。

これからは、見逃さないようにしたい。深呼吸をして気持ちを切り替える。今日くらいは、このままここにいよう。

ゆっくりと体を離して彼方さんの体をソファに預けると、布団を持ってきて同じ場所に戻ってから一緒にくるまる。ソファが沈み込んだせいか、彼方さんの体は再びこちらに傾いた。そのままリモコンで電気を落とすと、俺も眠りについた。

後日、彼方さんに話を聞きに行く。何か力になれることがあるのならと思った。

彼方さんはいつものように軽いノリでふざけていたが、俺が本気だとわかると、ゆっくりと話し始めた。

「兄貴が苦手って話したよね」

「はい、遥《はるか》さんと会ったときですね」

遥さんというのは、彼方さんの双子のお姉さんだ。以前、買い物の途中にバッタリ会ったことがある。

俺のことを見て遥さんは意味ありげにこう言った。

『あの兄を見てたら、年下好きになるのもわかるけどね』

姉妹揃って年上嫌いになるような兄だ、と遥さんは笑っていたが……。

「兄貴は資産家でさ、うちの家業の跡取りとしても有力なくらいの実力者なんだけど……若いときはちょっと合理的すぎたというか、なんというか。感情的になるわけじゃないんだけど、理詰めしてくるというか……」

「感情をあまり考慮してくれないということでしょうか」

「まったく考慮してくれないわけじゃないけどね。でも、こっちのほうが絶対得なのになんでそうしないいんだって言われるのは、私は嫌いだった。兄貴の言うことはだいたい正論だし、正解なんだけどね」

彼方さんは苦笑いをする。

「でも私は遊び、バッファっていうのかな、そういうのがあるほうが好きだったから、正論で責め立てられるのがちょっと怖いなって思って、兄貴が苦手になった。兄貴だけならよかったんだけど、年上の男性とか、強く言われることとかが、だめになったみたいで」

そんな問題を抱えているなんて、全然わからなかった。もしかして、それでフリーで働いているんだろうか。

「だから、あまり攻撃的な面を持ってない伊織くんには惹かれてるんだと思う……」

「そうだったんですか」

「兄貴も私がそうなったことで反省はしてくれたみたいで、謝罪もしてくれたし、今は助けてくれている。人に対する態度も改めたみたい」

「悪いお兄さんではないんですね」

彼方さんが請け負っている仕事は、お兄さんからの助けにあたるものかも知れない。

「うん。たぶん、ちょっとすれ違っただけ」

お兄さんはお兄さんなりに、彼方さんを導いてあげたかったんだろう。見えている失敗を回避させてあげたいと思うのは自然なことだ。

「なんか話せば話すほど、私は伊織くんが好きなんだってなっちゃうね」

彼方さんが照れながら言う。

実は今日は、その気持ちを確認しに来たのだという部分もある。少し前から、彼方さんの態度が妙に思わせぶりだったりしたから……。

「整理ができたら、しっかり言うから」

「俺もいろいろと自分のなかでグルグルしていることがあります。しっかりと整理して、ちゃんと彼方さんと向き合います」

真も、晶さんも、もちろん陽向のことも大好きだ。

でも今、俺の心のなかでは、彼方さんの存在が大きくなってきているのだった。

＊

翌日、彼方さんをデートに誘った。真と晶さんにはきちんと話して了解してもらっている。彼方さんはとても嬉しそうにＯＫしてくれて、俺たちは一緒に外出した。

単に一緒に出かけたいと思っただけだったけど、楽しそうにしている彼方さんを見て、誘ってよかったと思えた。さて、これからどこへ行こうかと話していたとき。

突然、携帯が鳴った。

彼方さんは携帯を取り出すと、俺に謝る仕草をして少し離れた。電話がかかってきたみたいで、何かを話している。しばらくすると、ずいぶん落ち込んだ様子で戻ってきた。

「ごめん……。仕事でちょっと不具合が出たから、対応しないといけなくなっちゃった」

「仕方ないですよ。そのかわり、今度またお願いします」

「うん……ごめんね」

落ち込んだままの彼方さんと一緒に、家に戻る。

ほんの少しだったけど、彼方さんの楽しそうな様子が見れただけでも満足だった。

家に帰ってすぐに、彼方さんは自室に戻った。

みんなは最初は驚いていたけど、事情を話すとすぐに納得してくれた。

「お仕事って大変だね」

「これが社会の闇……」

真や陽向が気の毒そうに眉をひそめるなか、晶さんが言う。

「伊織は彼方の仕事に関して、いろいろ調べておいたほうがいいかもな」

「どういうことですか？」

「知っているだけで、休日に電話がかかってくることにも理解が及ぶかも知れない」

「でも、俺はそんなに気にしてないですよ」

「一回目だからな」

晶さんの言葉に、少しドキッとした。一回目、つまり今後もこういうことが起こりうるということだ。急に仕事が入ったなら仕方ないくらいにしか考えてなかった。でも、頻繁にこういうことがあるのなら、そのときは違う感情が生まれてしまう可能性がある。

「積み重なると、今とは気持ちが違ってくるかも知れないよ。ちゃんと知って、理解しておいたほうがいいと思う」

「彼方さんを責めたらだめだよ？」

真と陽向も、晶さんが言っていることの意味がわかったようだ。

「脅かすような言い方して悪いけど、仕方のないことで仲違《なかたが》いはして欲しくないしな」

今後も……か。その覚悟は、確かに必要なことなのかも知れない。実際に体験する前に教えてくれて助かった。でもそんなことがあるからといって、彼方さんを諦めようという気持ちにはならなかった。

夜になって、彼方さんが俺の部屋を訪ねてきた。申し訳なさそうに、俺のすぐそばにペタンと座った。

「ごめんなさい」

「大丈夫です。気にしてませんよ」

俺よりも彼方さんのほうが落ち込んでいる。彼方さんのせいじゃないだろうに。

「俺、今までは噂程度の知識だったんですけど、彼方さんがしている仕事がどういうものか少し調べました」

「SEとかのこと？」

「忙しい職種のひとつだということは、理解しています。もっと知れば、理解が深まると思いました」

「それはとても嬉しいけど……私が予定合わせづらい人っていうのは、変わらないよ？」

「それでもきっと、感じ方が変わります」

「……ありがとう」

落ち込んでいる彼方さんを見ると、抱きしめたくなる。慰めたいと思っているのか、守りたいと思っているのか。そんな感情が湧いて、俺にもそういう男らしさがあったんだと、初めて気づく。

「彼方さん……本当は、今日遊びに行ってから言うつもりでした」

ない。

彼方さんは気まずそうにしている。でも、俺と目を合わせたまま、視線を外そうとはしない。

「俺は、包み込んでくれるような彼方さんの温かさが好きです」

彼方さんは、視線を合わせたまま答えない。そのまま少ししてから、ずっと合っていた視線が、逸らされてしまった。

「……ありがとう。でも、少し、考えさせて。そう、えっと、一日くらい」

昨日は、俺から行けばすぐ受け入れてくれそうな雰囲気があった。でもいざ言ってみれば、保留をされてしまった。それでも、断られるよりは何倍もいい。少なくとも検討をしてもらえるだけの気持ちは、彼方さんにはあるということだ。

「ちゃんと、返事するから」

俺の目を見て言ってくれる。ほんの少しだけ、微笑んでくれたような気がする。彼方さんは背を向けると、そのまま部屋を後にした。

＊

数日後、彼方さんがまた俺の部屋に来てくれた。

これまでとは少し違う距離感に、どこに座っていいものかと悩む。とりあえず、立たせたままでは悪いのでベッドに座ってもらった。俺もベッドに腰かける。ただ、いつもより少しだけ離れて。

　彼方さんはこちらをすごく意識してくれている。こちらを見て、目を逸らして、またこちらを見る。恥ずかしそうにそれを何度か繰り返してから、口を開いた。

「んとね、伊織くんの気持ちを確認したい。ズレたまま進みたくないから。きっと、初めは小さなズレでも、大きくなっていくから」

「俺も同じ想いです」

　彼方さんは目線を落とす。きゅっとベッドのシーツを握って、再び顔を上げた。

「私が、仕事で忙しくてもいいの……？　いつかは伊織くんも仕事に就いて忙しくなる。でも一番遊びたい今、私はみんなと比べてとても忙しい。きっと、この間のデートみたいなこと、何度も起きる」

　自信がなさそうに、彼方さんはじっとこちらを見つめる。

　彼方さんの仕事次第で遊べなくなってしまうことがある。それは、実際に経験した。みんなから、これは一度だけのことじゃないと教えてもらった。だから、覚悟をすることができた。確かにマイナス要素かも知れない。でも、そんなことよりも彼方さんといたい気持ちのほうが強い。

「それでも、彼方さんが好きです」

「本当に、何回も起きるんだよ？」

「晶さんにも言われました。今平気なのは、一回目だからだって。これから先何度も起きる。それを覚悟しろって。でも俺は、それでも彼方さんが好きなんです」

「晶のやつ……」

ばつの悪そうな顔をするけど、どこか嬉しそうにする彼方さん。

「私、私は……仕事も、年齢も、伊織くんに悪いなって思う……。でも、ワガママ言っていいなら、私は、気持ちに応えたい。私は、あなたが好き」

ちゃんとした気持ちが聞けて、安心すると同時に、心音が激しくなっていくのがわかる。

「俺も、彼方さんのことが好きです。ワガママでもいいので、俺とつき合ってください」

「じゃあ……ワガママになる……おつき合いする」

「よろしくお願いします」

嬉しくて、彼方さんを抱きしめたくなってしまう。でもいきなりはよくないと思って、踏みとどまった。

「今の私は、ワガママだから……」

彼方さんはスッと距離を詰めてくる。俺は踏みとどまったのに……とか思っていたら、押し倒された。

「ん……」

そのまま、唇を重ねられる。

「もっと……んっ……ちゅ……」

舌がねじ込まれて、中を舐めまわされる。一瞬でいろんなことが起きて、温かいとか、柔らかいとか、気持ちいいとかいう感覚にまとまりがつかない。

「ちゅぷ……ん……れる……」

唇だけでなく、彼方さんの胸やらなにやらが触れ合う。当然のごとく股間は大きくなってしまった。

「エッチ、したい……」

そのまま馬乗りになられて、迫られる。

「はい……」

断る理由は、何もなかった。

彼方さんは俺のズボンを脱がせると、自分のあそこを俺のモノに乗せて擦りつけてきた。積極的すぎて、少し驚いてしまう。

「気持ち、抑えられなくなっちゃった」

彼方さんの腰の動きに合わせて、目の前で大きな胸が揺れる。じっと見ていたら、気づかれてしまった。

「触ってもいいよ……」

ゴクリと喉を鳴らす。以前彼方さんにベッドで抱きつかれたとき、触りたくてたまらなかった。ドキドキしながら、手を伸ばした。

「んんっ……」

思ったよりも重い……けど、それよりも、この柔らかさや弾力が、想像を超えて心地いい。指に力を入れると沈み込むけど、胸は元の形に戻ろうと押し返してくる。服の上から触ってこれなんだから、直接触るとどうなってしまうんだろう。

「直接でも、いいのに……」

「いいんですか？」

「いいよ。ここまでしてるのに、だめなんて言わないよ」

お言葉に甘えて、彼方さんの服をめくる。大きな胸が露わになって、それだけでも衝撃的なのに、触っていいのだから、もう射精してもおかしくない。

再び胸に手を伸ばす。触れると、吸いついてくるかのような感触がした。さっきの何倍も気持ちがいい。

「あぁ……」

彼方さんの反応もさっきとは少し違う。布を被っていたさっきまでとは違い、先端の突起がはっきりと見える。指で触れると、ころころと転がした。

「あっ、んんっ……それはっ……」

モジモジと体をくねらせて、あそこを擦りつけてくる。きっと感じてくれているんだろう。突起を転がしていると、徐々に硬くなっていくのがわかる。本当に勃つんだと感動してしまった。

「そこばっかり、されたら、欲しくなる、から……」

そう言って、再びあそこを擦りつけられる。

「俺も、そっちが欲しいです」

「うん……でも、えっと……初めて、だから……」

いきなり襲われたので、初めてではない可能性も考えたけど、初めてだったようだ。

彼方さんは、自分で腰を持ち上げて、下着をずらしてくれた。俺がペニスをあてがうと、自ら腰を下ろした。

「ん……く……ぅぅ……」

メリメリと何かを拡げるような感覚とともに、中を押し拡げていく。中は思ったより広いのか、根元までしっかり入った。何かに少しつっかえた気がするけど、彼方さんが体重を乗せていたのでそのまま突っ切ってしまった。

俺のほうは竿から先まで柔らかく温かい肉壁に擦りつけられて達しそうなくらい気持ちがいい。けど、彼方さんは少し辛そうにしていて申し訳なく思う。

「大丈夫ですか？」

「大丈夫……ちょっと、痛かったけど、ひとつになれたから……」

そんな言い方をされて、また出そうになってしまう。今度は、ペニスがびくっと跳ねた。膣口がきゅっと締まって、ペニスが締めつけられる。こういうのは自在にできるようなものなんだろうか。落ち着くまで待っていようと思ったけど、動きたくなってしまう。

「そろそろ、動いても大丈夫だよ……」

そう言われ、ゆっくりと腰を動かして、彼方さんの中を行き来する。

「んんっ……あっ……はぁ……たくさん、入ってくる……」

突き入れるたびにペニスが強く擦れる。奥が拡がって、受け入れてくれているのがわかった。きゅっと締まるだけで出そうになってしまい、なんとかこらえる。

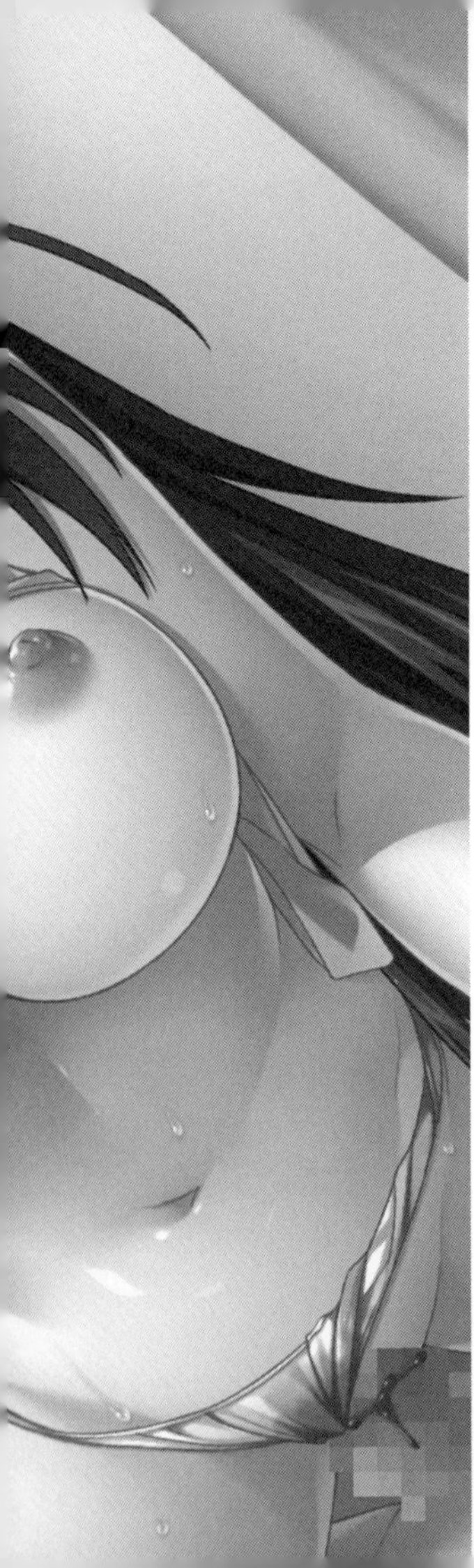

「あっ……んぅ……入れてもらってるの、幸せっ……」

ぐいっと、彼方さんが腰を揺らし始める。新しい動きが加わって、また快楽の波が襲ってきた。彼方さんの体に、少しずつ汗が滲んでいく。体が火照っているのか、中も熱くなってきたように感じる。そのせいか愛液の量も増え、入れたときよりも結合部はどろどろになっていた。くちゅくちゅと、腰が擦れ合うたびに卑猥な水音が漏れる。彼方さんの動きに合わせて、膣壁はうねうねと動く。ヌルヌルとした粘液をまとった膣壁は、ペニスに絡みつき吸いついてくる。

「あっ、んっ、激しいっ……年下の子に、気持ちよくされちゃってるっ……んんっ」

突き上げて、思いきり深くまで押し込む。ペニスが壁で強く擦れて、びくりと跳ねた。

「彼方さん、俺、もうっ……」

「いいよっ、出して、私の中にっ……好きなだけ、出していいからっ」

その言葉に興奮して、腰の速度が上がる。

「あっ、変に、なっちゃうっ、あぁっ、何か、きてっ……私っ……ああっ、あっ……」

そのまま、思いきり吐き出した。

「んんっ、んっ、んんんんっ――――!!」

経験したことのないような勢いで、精液が飛びだす。

受け止めてくれた彼方さんは、体を大きく震わせた。びくびくと腰をくねらせて、体を小刻みに震わせている。彼方さんも達してくれたらしい。

「体に力が入らない……変なのきて、気持ちよくて……」

「たぶん、イクというやつです」

「イク……って、なんか、すごい、気持ちいいらしいやつ……」

会話はできるけど、どこか呆けている。少し寝起きのようにも感じる状態だ。

「彼方さんの中が気持ちよすぎて、たくさん出ちゃいました」

「襲っちゃった……」

「襲われました」

といっても、同意の上であることは互いにわかっている。彼方さんは少し体を落ち着かせて、呼吸を整えていた。

＊

彼方さんとのことは、みんなに伝えた。みんなは喜んでくれて、同時にホッとしていたようだった。心配をかけてしまったことを申し訳なく思う。

後日、俺は彼方さんに部屋に呼ばれた。エッチだとかそういうことではなく、仕事の話に関連したことのようだ。なぜなら、姉の遥さんが訪ねてくるということだからだ。

「私がこっちでいいの？」

ソファに腰かけて並ぶ遥さんと俺。彼方さんはＰＣ前の椅子に座る。

「いいよ。べつに、遥が伊織くんの虜になったって問題ないし」

「虜になっちゃうのは私のほうなんだ」

「そう。だって、昔から好きなものはだいたい一緒でしょ」

「伊織くん、彼方は面倒くさいと思うけど、よろしくね」

遥さんがにこやかに微笑む。

「それで、なんの話？　伊織くんまで呼んで」

遥さんは鞄の中から資料のようなものを取り出すと、彼方さんに渡す。彼方さんはそれに目を通し始めた。

「彼方が遊びで男の子とつき合うとは思えなかったから、今後の話には、彼氏に同席してもらうのがいいと思って」

「今後、ですか」

遥さんは普段から軽く微笑んでいるような

柔らかい表情をしている。今もそれを変えずに話していて、暗い話をしているようには見えない。

「この話に私も乗れっていうこと……？　即答はできない」

彼方さんはうなだれていたかと思うと、顔を上げて俺のほうを見た。

「簡単に言うとね、兄貴が子会社作るから、そこの代表を遥に任せようっていう話が出てる。ただ当然、今の遥だけじゃ無理だから、兄貴の会社から何人か優秀な人を連れてきて、遥が仕事を覚えるまではその人たちが上手いことやるんだって」

なんかいろいろと難しそうで、社会に出てすらない俺には実感がつかみづらい話だ。

「それで遥は、私にスタッフとしてそこに加われっていう話をしてるの」

「なるほど。つまりいろいろはしょると、遥さんが彼方さんを雇いたいという話ですね」

「そうだね。そういう感じ」

「彼方はまだまだエースを張れるような実力じゃないけど、十分なポテンシャルを持ってる。経歴の割には能力高いから、コスパもいいしね」

「安く使おうとしてる」

「福利厚生を考えたら、今よりよっぽどいい給料でしょ。それに、ちゃんと貢献してくれればそのぶん昇給あるから。貢献したぶんリターンできるのは小さな会社の特権」

「それはわかるんだけど、でもなぁ」

「仮の話だけど、もし彼方に子供ができたりしたら、勤めていれば産休はあるけど、今のままだとないよ。彼方の実力なら産休から復帰しても文句が出ないし。それにね、PGやSEって、そんないつまでもできないよ。体力がなくなってからどうするかのプランがあるならいいけど、そういうことも考えていかないとだめだよ」

「わかってるんだけど……」

眉根を寄せて難しい顔をする彼方さん。思いきって尋ねてみる。

「とてもいい条件を提示していただいてるように思うんですけど、彼方さんは何が引っかかってるんですか？」

もとより、彼方さんが今受けている仕事もお兄さんの関係のものだろう。だとすれば、今と大きく仕事内容が変わるようなことはないように思える。

「正社員になると、伊織くんと遊ぶために自分で時間調節するのが難しくなる……」

ああ、なるほど……。とても嬉しいと思う反面、足かせになってしまっている気もした。

「そういうことなので、伊織くんにも同席してもらってます。あとはまあ、兄貴の思うように動かされるのが嫌だとかかな。不器用だけど、妹大好きな兄貴なのに」

そう言って遥さんは苦笑いする。

「双子ってこういうときは嫌になる……」

「まあ、今ここで決めろって話じゃないから。今月中くらいまでなら待てるよ。それじゃ、そろそろ邪魔者はおいとまします」

「今度はみんなとも話しに来てよ」

「ちょっと前までと対応が違うね」

「そりゃ、もう〝正社員になれー〟って言われないから」

二人とも楽しそうに話している。今までとは違う彼方さんを見れて、なんだか嬉しくなった。

＊

彼方さんの仕事は相変わらず忙しかったが、俺のためになんとか時間を捻出してくれる。

ゲーム制作に興味のある俺に、いろいろプログラミングを教えてくれたりもする。

現在、自分が仕事でどういうものを作っていて、なぜ忙しいのかということも、教えてもらえる範囲で説明してもらった。

そのままエッチになだれ込むこともあり、俺たちは充実した毎日を過ごしていた。

そんなある日、彼方さんが今日は休めるから買い物に行こうと誘ってくれた。この間キャンセルになったデートがそのままになっているのが気になっているらしい。

「初デートだね」

「そうですね」

ふと、手を繋いで歩いたことがないなと気づく。もっと進んだことをしているのに、今更手を繋ぐのが恥ずかしいなんて言ったら笑われるだろうか。

「あの、彼方さん。手を繋ぎたいなと、思ってるんですが……」

彼方さんは一瞬きょとんとするけど、すぐまた笑顔に戻る。

「そんな改まらなくても、手を取ってくれたらちゃんと繋ぐよ」

そう言って手を差し出してくれる。俺はその手を取った。

二人で、駅近くのショッピングモールを目指した。そのままあちこち見て回って、ウィンドウショッピングを楽しむ。彼方さんと一緒なら、ぶらぶらしているだけでもすぐに時間が経つ気がする。

それに、くっついて歩いていると、大きな胸が腕に当たってムラムラしてきてしまう。そのことに気づいたのか彼方さんが、

「そろそろ帰ろうか。辛そうだし」

と、言ってきてくれた。

「す、すみません。ばれてましたね」

「いいの。私もだから」

そう言って、彼方さんは潤んだ瞳で俺を見つめてきた。一緒にいるだけで二人ともそういう気分になってしまう。

しかし、家に帰ってきたら問題が発生した。俺も彼方さんも鍵を持っていなかった。

携帯をチェックすると、真から連絡が入っていた。三人で買い出しに行ったらしい。

「どうする？」

「帰ってくるまで三十分もかからないと思いますけど……」

鍵がないから早く帰ってこいとは言いづらい。仮に鍵がないことを伝えるだけでも、急いで帰ってきそうな人たちだから余計に。

「買い出しだからたくさん寄り道したりはしないか。じゃー、待つかぁ」

一度は納得したものの、二人ともソワソワしている。帰ったらすぐに部屋でイチャイチャできると思っていたのにお預けをくらったからに違いない。

「えと、ここ外だけど……ハグくらいなら……いい？」

「はい」

荷物は地面に置いて、もの欲しそうにしている彼方さんを抱き寄せた。温かくて、とてもいい匂いがする。

「ごめんね。我慢できなくなっちゃった」

彼方さんのほうから口づけをしてくる。少し湿った柔らかい唇が、俺の唇に触れた。

「ちゅ……ん……」

このくらいで済ませるつもりだったけど、なんだかスイッチが入ってしまった気がする。

「……したい」

「わかりました」

一応荷物を持ってから、彼方さんを連れて家の裏に回る。表よりは目立たないとは言え、かなりドキドキした。

「んぅ……あぁ……こんなところ見られたら……」

「やめますか……？」

ここまで来てお預けはさすがに辛い。

「もう、無理……でも、早めに終われば、ちょっとは、見つかりづらい……」

腰を揺すって、あそこをペニスに擦りつけてくる。早く入れろと促されている気がした。

「じゃ、入れますよ……」

「うん、来て……」

あそこにペニスをあてがって、ぐっと突き入れる。ヌルッとした感触に吸い込まれて、一気に根元まで入った。

「ああっ……んっ……ふぁ……」

外でしていて恥ずかしいはずなのに、どこか変に高揚しているのがわかる。

「いつもより、大きいっ……」

「そっちも濡れてましたよ」

「帰ったら、してもらうつもりだったから……」

やっぱり、考えていたことは同じだったようだ。自分たちのせいだけど、家に入れなくて寸止めをくらったわけだから、焦れてしまうのは無理もない。

腰を動かし始める。中は十分に濡れていて、動くと快感が襲ってきた。突き入れるたびにぬちゅっと音が漏れる。

「あっ……ん……そっか、大きな声も……んんっ……。でも、我慢、できないっ……ああっ……気持ち、いいっ……」

彼方さんが気持ちいいと言ってくれると、俺も嬉しくなる。膣口がぎゅっと締めつけてくる。さっきまでより強くなって、射精感が高まっていく。

「ああっ、あっ、んんっ……んっ、ふぁっ、あっ、ああっ……」

少しずつ熱くなっていく彼方さんの体は、次第に汗を滲ませていく。エアコンも日差しを遮るものもないから、仕方がないかも知れない。そこでやっと、今外にいるんだと思いだした。彼方さんは今は気になっていないように見える。

ペニスが彼方さんの中に突き入ると、ぬちゅぬちゅと音がして、強く擦れていく。最初の頃は少しだった水音も、だいぶ大きくなってきた。

「あっ、んんっ、ふぁっ、あっ……ああっ、いっぱい動いてるっ……」

腰を動かすたびに揺れる胸は元より、さらさらと動く黒髪もまた妖艶に見えた。腰を押しつけて、そのままいろんな方向に動く。中を掻き混ぜるたびに、ペニスが擦れていく。

「んんっ、んっ、あっ、ああっ、あっ、だ、だめっ、私、もう――」

結合部からあふれる愛液も増えているのか、水音もさらに大きくなる。彼方さんが我慢できなくなっているのと同様に、俺も限界が近づく。

「あああっ、あっ、ああっ、外、なのにっ、おちんちんで、気持ちよく、なっちゃってるっ……んんっ、あっ、んんんっ、ふぁっ、ああっ！」

勢いが増していくと、水音だけでなく、腰がお尻に当たる音がパンパンと響く。絶頂が近いのか、あそこの中も小刻みに震え始める。ただでさえうねってペニスに吸いついてくるのに、そうなったらもう俺も我慢なんてできない。

「ああっ、あっ、はぁっ、あっ、んんっ……私、イッちゃい、そうっ……あああっ」

「俺も、イキそうですっ……」

彼方さんの中がまるで精液を絞り取ろうとしているかの如く、さらに激しくうねる。まとわりつく膣壁は、亀頭からカリ、竿の部分と強くしごいてくる。

そのまま、力強く奥に注ぎ込む。

「ああっ、あっ、あああっ、ああぁぁぁっ!!」

きっと近くに人がいたら聞こえてしまうだろうというような声を出して、彼方さんは達してしまう。びくびくと体を痙攣させながら少しずつ力が抜けていっている。

「あっ……はぁっ……はぁ……ん……」

俺の手に彼方さんの体重がかかってきているのがわかる。俺が力がないのを知っているのに、信じて体を預けてくれているのがたまらない。

「お腹の中、いっぱいもらって……あったかい……でも、声、出しちゃった……」

「ちょっと、大きかったかもですね……」

彼方さんも俺も、大きく息をついた。

＊

数日後、彼方さんの部屋を訪ねた。

ノックしたときの返事の声が変だったからもしやと思ったけど、案の定彼方さんはソファでお酒を飲んでいた。以前は〝やだな〟と思うことがあったから飲んだと言っていたのを思い出しつつ、彼方さんのすぐ横に腰を下ろした。

「何かあったんですか？」

「伊織がそばにいてくれるだけで、気がまぎれる」

初めて名前を呼び捨てにしてくれた気がする。でも彼方さんは酔っていて、そのことには気づいていないみたいだ。飲みかけのお酒を空にすると、テーブルに缶を置く。そして、こっちを向いた。

「本当は伊織にも話さないといけないことで、どういうふうに話せばいいのか迷ってた」

「聞きます」

「私は兄の会社の関連の仕事をもらってる。今は兄の協力会社さんの仕事をしていて、その少し偉い人が何回もご飯に行こうって誘ってきてる」

「そうだったんですか……」

「私は行きたくない。伊織もいるし、そうじゃなくても、ほとんど会ったことのない男性と二人で会うなんて怖い。でも……兄の会社との関係をチラつかされると、はっきり拒絶するわけにもいかなくて、ずっと濁してる」

お金が関わると一人の問題じゃなくなるというのも、なんとなくわかる。彼方さんは俺の手を取って、握る。不安になっている気持ちが、少しだけ伝わってくるようだった。

「お兄さんに相談してみたら、どうでしょうか？」

「お前が応じれば問題ないって言われそうな気がして、怖くて……」

お兄さんは合理的な人だという。確かに、そうするのがビジネスとしては合理的な気がする。けど、一度彼方さんが嫌な想いをしたことについて謝罪をして、今面倒を見てくれているお兄さんなんだ。

「相談してみましょうよ。俺、そばにいますから」

「今ってこと？　きついこと言われたら、抱きしめてくれる……？」

「言われなくても抱きしめます」

彼方さんは少し踏ん切りがつかないみたいだけど、解決するにはこの方法しかない。遥さんに頼んでも、結局お兄さんの耳に入るのであれば同じことだ。

「……訊いてみる」

彼方さんは携帯を操作してメッセージを送る。

「電話するのかと……」

「兄貴には私の電話番号教えてないの。兄貴は私と電話してはいけないという家族ルール。会うときも、両親か遥が同席してないとだめ」

兄妹の問題ではなく、家族の問題になってたのか……。

しばらくして彼方さんの携帯が震える。すぐに止まったからメッセージの返信だろう。

彼方さんは内容を確認すると、ぽかんとしていた。

「どうでした？」

「はっきり断っていいって」

期待していた以上の答えが返ってきて、安心した。

「でも、伊織と会わせろって」

「ええっ、どうしてそんなことに……」

「彼氏がいるって言ったほうが会いたくない理由が強くなるかなって思って……。疑ってる感じじゃなくて、値踏みしたいみたいだから大丈夫だよ」

「全然大丈夫じゃない気が」

「必然的に遥も同席するから大丈夫」

「圧迫面接みたいになってますが……」

「伊織なら大丈夫だよ」

彼方さんは再び携帯を触ると、返事を打っているようだった。打ち終わると、テーブルに並んでいる未開栓のお酒をひとつ手に取って新たに開ける。

「あれ、問題は解決したんじゃ」

「気分がいいときに飲むのも、悪くないよ」

スッキリしている彼方さんの顔を見ると、俺も一緒に飲めたらな、なんて思ってしまう。でもそれには、もう少し時間がかかりそうだ。

「あっ、そうだ。そろそろ遥に返事しないとだ」

「えっ？ 話を受けるかたちでほぼほぼ決まったんじゃ？」

「ちょっとね、迷ってた。でももう大丈夫」

彼方は優しく俺の頭を撫でてくれた。その手がだんだんと下に下がっていく。

「ねえ……」

「ん……？」

そろそろそういうムードかな、と胸がときめいた。ゆっくりとその体を押し倒す。

内ももをすりすりと撫でる。他の場所より筋肉があるにもかかわらず、ふにふにと柔ら

かい。ももからお尻へと手を滑らせて、撫でまわす。満足するまで撫でると、そのままあそこまで手を這わせた。

「んっ……はぁ……手つきが、エッチ……あぁ……」

「彼方さんの体のほうがエッチです」

「でも、体大きくて可愛くないし……」

「彼方さんはとても可愛くて綺麗です。身長なんて気にしなくていいですよ」

「……ありがと」

　俺と晶さんは背が低いことがコンプレックスだ。でも同様に、女性にしては背が高い彼方さんも、思うところがあるらしい。小さいほうが女性らしいというイメージが、きっと女性たちのなかにもあるんだろう。

「そんなに言われたら、欲しくなっちゃう……じらしちゃ、やだ……」

あそこをペニスに擦るように動かして、要求してくる。さすがにこれ以上は待たせたら悪いので、ペニスをあそこにあてがった。腰を押しつけて、ぐっと中に突き入れる。

「んっ、んんっ……あっ……はぁ……」

中はいつもよりヌルヌルになっていた。吸い込まれるように奥まで入って、きゅっとつかまれる。

「ん……動いて、いいよ……」

言われて、腰を動かし始める。前後に振って、彼方さんの中を行き来した。擦れ合うたびにヌルッとした感触がペニスを襲う。あふれ出る愛液が、結合部までどろどろにしていった。

「んんっ、あっ、ああっ、いっぱい、当たってるっ、奥、気持ちいいっ……」

強く動かすぶん、中では激しく擦れ合う。

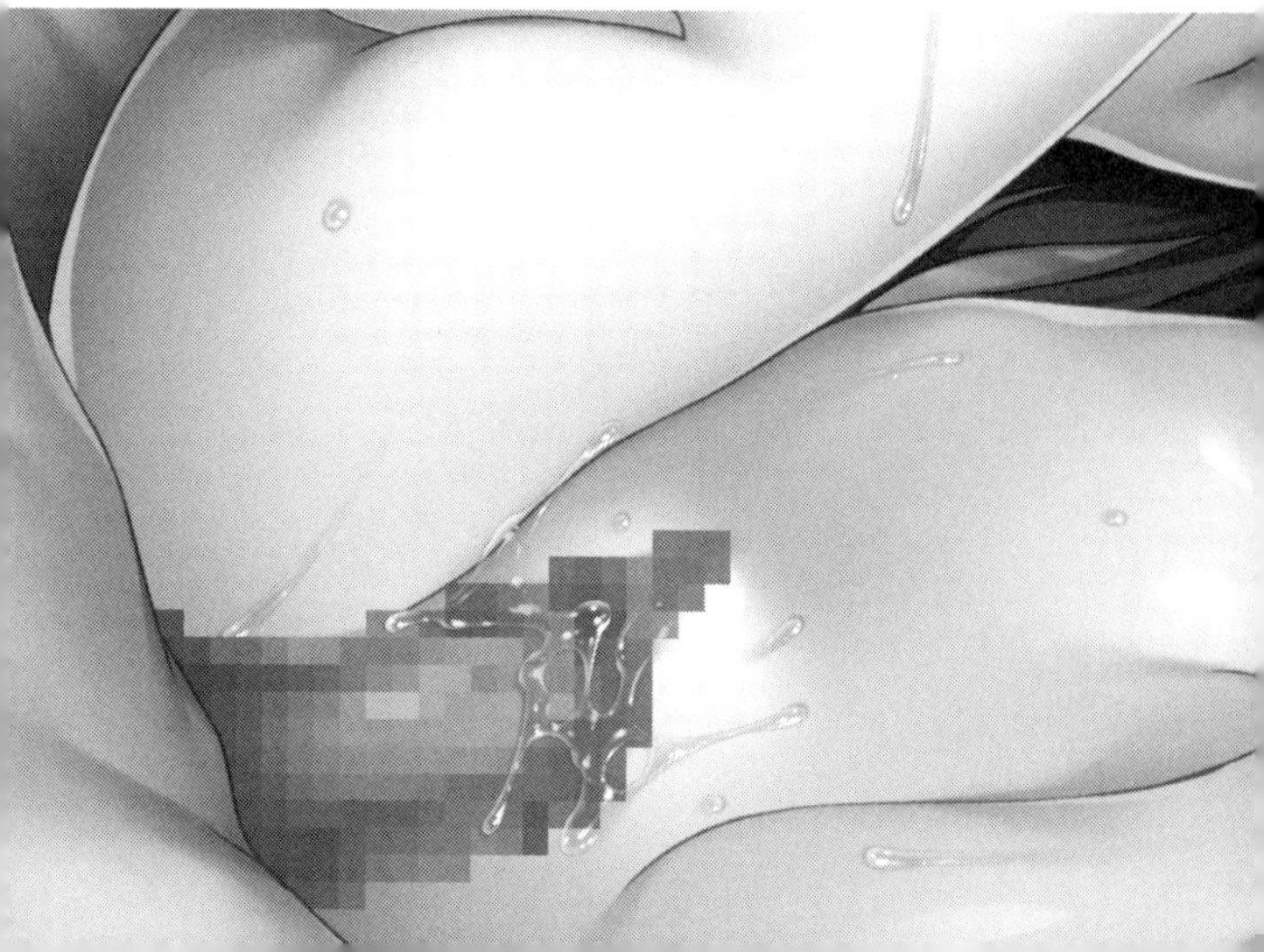

快感に身を任せながら、腰を打ちつける。少し彼方さんのお尻を持ち上げているような体勢のせいか、真っすぐに突くとお腹側に先端が当たる。以前も少しそんな素振《そぶ》りを見せていたけど、気持ちいい場所があるようだ。

「気持ちいいところ、いっぱいっ……あぁっ、こんなの、すぐ、イッちゃうっ……」

膣壁が収縮して、強くペニスにまとわりつく。少し動くだけでも、かなりの快感が襲ってくる。再び意識が結合部に向いて、腰の動きが再び速くなっていく。

角度を変えて、お腹のほうによく当たるようにと、腰を振る。突き上げるような気持ちで、彼方さんを責めた。中が小刻みに震え始めて、絶頂が近いことを教えてくれる。

「もう、もうっ、んっ、これ、無理っ……我慢、できないっ……ふぁっ、あっ、んんっ」

彼方さんの体が快感に震えるたび、中が不規則にぐにぐにと動く。ペニス全体を舐めまわすかのような動きに俺ももう我慢できなくなっていく。

「彼方さん、俺も……もう、出ますっ……」

「あっ、んっ、私もっ、イクッ、イッちゃうっ……ああっ、あっ、あああっ」

ぐっと最後に奥まで突き入れて、注ぎ込んだ。

「んんっ、んっんんんっ!!　んんんんっ――――!!」

結合部からは精液があふれ出て、彼方さんは体を大きく痙攣させた。ビクビクと震えるその体は妖艶で、余韻に浸りながら残りを出し尽くす俺を助けてくれた。

「彼方さんの中、気持ちよすぎますよ……」

「また、いっぱいしてもらう……」

彼方さんは満足そうに微笑んで、ぎゅっと俺を抱きしめた。

＊

朝食後の食休みに、みんなでソファに座る。

今日は遥さんが来るからと、みんなは一度服を着替えに部屋に戻っていた。

「というわけで、ひと月くらい先だけど、正社員として会社勤めすることになったので、生活のリズムがみんなとだいたい同じになります」

「朝食の準備とか彼方さんがやると大変にならないですか？」

真が彼方さんに気を遣う。

「大丈夫だよ。なんだかんだ学園のほうが始まるの早いし」

会社は九時始業が一般的だ。

「でも晩ご飯は、迷惑かけちゃうかも」

「いろいろと決まりを見直すいい機会ですよ」

「ご飯の時間は今より遅く設定しないとな」

遥さんとの話が終わったら、新しくいろいろ決め直すことで話が決まった。

みんなで話していたら遥さんが来たので、彼方さんと一緒に部屋に移動する。座る位置は前回と同じで、俺と遥さんがソファに座っている。

「それで、どうすることにしたの？」

遥さんは、もう答えがわかっていると顔に書いてあるのに、あえて彼方さんに聞く。

「遥の話、受けさせてもらう。お願いします」

「本当にいいの？」

「うん。ちゃんと考えた。正社員とフリーランス、どっちが優れてるとかはないと思う。でも私にとっては、正社員のほうが合ってると思った。私は怠け者だから、自分で道を切り開けない。だから、きっと雇ってもらえるほうがいい」

「わかった。伊織くんも、それでいい？」

遥さんはわざわざ俺にも確認をしてくれる。

「はい。了解済みですし、彼方さんの判断に任せます」

「理解のある彼氏でよかったね、彼方。ところで……」

遥さんは再び俺のほうに向き直って口を開く。

「伊織くんはどうする？」

「どうするというのは？」

「将来仕事をどうするつもりなのかなって。何か考えがあるなら、今しっかり決めたほうが訓練する時間があるから」

まだ先だと思って、深く考えていなかった。彼方さんにいろいろ教わるのも、選択肢を増やすためくらいの気持ちだった。

思い返してみる。彼方さんが仕事をしている時間は、俺は彼方さんが何をしているのかよくわからなかった。話に聞いたとしても、バイトを始めたとしても、きっと何がどう忙しいとか、大変とかわからない。一緒に仕事をすれば、あのとき感じたズレている感覚が埋まるのかも知れない。幸い、プログラムは結構楽しめている。

「俺は、彼方さんと一緒に働きたいです」

「ええ⁉」

何か言おうとした彼方さんを制して、遥さんが話す。

「私は、彼方の彼氏だからって理由で採用はしない」

「わかってます。そうやって入社しても、困るのは自分です」

「だから、彼方と同じ。縁故だって疑われても、実力で黙らせられるくらいになったら、採用する」

「わかりました。試験を受けるまで、きちんと力をつけます」

勝手に遥さんと話を進める俺に、珍しく彼方さんがオロオロした様子を見せる。

「伊織、そんな無理して一緒のところに来なくても……。貴重な学生時代なんだから、遊ばないと」

「俺、彼方さんが忙しいとき、いろいろピンと来なかったんです。忙しいなら仕方ないとは思いましたたけど、いろいろ不透明でした。実感がないまま過ごしたら、いろいろとズレていくと思いました。だから、彼方さんの仕事が見える場所で、何がどう忙しいのかきちんとわかる場所がいいんです。彼方さんとは、ずっと一緒にいたいから」

「伊織……」

当然、同じ会社だからという理由で仲違いする可能性もある。でも、知らずに喧嘩するよりはいいと思った。

「伊織くんはその覚悟が変わらなかったら採用試験受けに来て。私たちは、それまでに新卒を少しでも取れるように頑張るから」

遥さんが真剣な眼差しで俺を見つめてくる。

「伊織が本気なら、ちゃんと教えるよ。会社で扱ってるプロジェクトに役立つことから優先して指導できると思う」

「お願いします。頑張らないとですね」

彼方さんもようやく俺が本気であることを理解して、協力を申し出てくれた。

「彼方が支えたいって思える男性に出会えたのは、羨ましいなって思う。大切にしてあげてね。ふふ、それじゃ、きちんとした書類はまた送るから」

遥さんが帰り支度をして立ち上がる。玄関まで二人で送ろうと遥さんに続いた。

遥さんを見送って、ドアが閉まるのを二人で見ていた。

リビングのほうにはみんなが待っているので、ほんのわずかな二人の時間。意図的に作った二人の時間とは違って、なんだか貴重な時間な気がした。

「一緒にいたいから、私のしてることちゃんと見ておきたいって言ってくれたの、嬉しかった」

「俺はそうやって背伸びをしていかないと、彼方さんには追いつけないですから」

彼方さんは普段緩いから、悩みはなさそうに見える。でも、年齢以上に問題とぶつかってきたはずだ。一人で立って、一人で仕事できているのは、それを乗り越えてきたから。

「遊んでいるときは彼方さんは甘えてくれます。でもきっと何か問題が起きたとき、俺が彼方さんに甘えることになります。初めてここに来たときや、転居騒動のときみたいに」

「それでいいんだよ。私のほうが年上なんだもん」

「いつかちゃんと、そういうときでも、彼方さんが俺に甘えられるように成長しますよ」

「楽しみだなぁ。一緒に頑張ろうね。同じ道を歩くまではまだまだ時間がかかるけど、待ってるよ。いつまでも、あなたと一緒に歩きたいから」

彼方さんは嬉しそうに微笑んでくれる。

全力で走って、追いつく。俺はその笑顔に誓った。

第五章　HINATA's story　恋と目標とグリーンフラッシュと

陽向の様子がおかしいことに真っ先に気づいたのはもちろん俺だった。

寝坊して遅刻しそうになるし、登下校のときもぼーっとして歩いている。

「ぼーっとしてるけど、大丈夫？」

真が心配そうに陽向の顔を覗き込む。

「大丈夫だよ。だるーんって感じだけど」

話してみると、わりと普通の反応をする。落ち込んでいるというわけでもなさそうだ。ただどこか、心ここにあらずという感じがした。

リビングでみんなと一緒にいても、妙にテンションが低い。

「……大丈夫か？」

晶さんも声をかける。

彼方さんはじっと陽向を見つめたまま、何かを考えているようだった。

さすがにみんなに気を遣わせていることに気づいたようで、陽向がぼそりと口を開く。

「大丈夫ですよ。どこか痛いとか、悩んでるとか、そういうのはないです」

もしかしたら、俺の転居の問題が片づいたので気が抜けてしまったのかもしれない。

「心配かけてごめんなさい」

そう言ってみんなに謝る陽向だったが……これはひょっとして、本人も何が原因なのかわかっていないパターンだろうか。

陽向は昨日今日とぼーっとしたままで、治る様子はなかった。

数日後、何やら本人的に思い当たることがあったらしい。心配をかけていたので、改めてみんなに話をしたいという。

「予想でしかないんだけど、迷惑かけてるし、わかったことは話そうと思って」

陽向は話し始める区切りとしてなのか、大きく深呼吸をする。

そこからの内容は、俺としては、なんて言えばいいのかわからないことだった。

「私、今まで、伊織くんがちゃんと人とコミュニケーションを取れるようにって思って、いろいろやってきました。もちろん、上手くいかないこともあったし、私だけが伊織くんを引っ張ってきたわけじゃないです。でも結果として、伊織くんは今、素敵な女性たちと楽しそうにお喋りできるようになっているわけです」

「つまり……目標を見失っちゃった？」

優しく、彼方さんが問いかける。

「そうなのかも知れません」

幼い頃からずっと陽向は俺を助けてくれていた。

陽向が言うように、俺が成長して陽向がそれから解放されたことは喜ばしいことだ。でも、陽向は少し喪失感を覚えていると言っている。

「でも、目標がひとつ達成できたんなら、喜ばしいことだよ」

真も、元気づけるように陽向の肩に手を置く。

「そうなんだけどね。……例えが壮大で申し訳ないけど、勇者は魔王を倒すために仲間と旅をするよね。でもきっと、その旅って辛いことばかりじゃない。魔王を倒したとき、旅が終わってしまうんだと感じるんじゃないかなぁと、今の私は思っているわけです」

陽向は本当に寂しそうな表情を浮かべた。

「勇者と魔王よりは、子供が自立したときの親の気持ちが近いんじゃないかな」

「そういうことなら、新しい何かを見つけないとね。見つかれば、きっと元気になるよ」

「ひとつ荷が下りたんなら、今度は自分のための目標を探したらいいんじゃないか」

「それも楽しそうですね」

三人にそれぞれ微笑みかけ、陽向は軽く溜め息をついた。

「思ったよりも陽向に負担かけてたんだね。ごめん」

俺は、とにかく謝ることしかできない。

まずは、原因が見つかったのだから、前に進めそうだ。陽向が自分のやりたいことを探すというのは嬉しいけど、俺のことをもう大丈夫だと陽向が思ってくれてたことも、とても嬉しかった。改めて、陽向は俺のことをずっと助けてくれていたんだと実感した。

＊

「あの、入ってもいい？」

きりのいいところでゲームをやめ、寝ようかというところで陽向が部屋に入ってきた。陽向はひょこひょことこちらに歩いてくる。目の前まで来ると、ちょこんと座った。

「私ね、決めたよ。伊織くんと、ちゃんと向き合う」

「俺と？」

「伊織くんを引っ張るとか支えるとか一方的に言うのはおしまい。人を導いてるつもりになるなんてたいそうなエゴはもう終わりだよ」

「エゴだったとしても、俺はそのエゴに救われたよ」

「ううん。もしそうだとしても、結果論だからね。伊織くんのそばにいるために、自分の気持ち以外の理由を用意しない。私が伊織くんといたいから、一緒にいる」

いつになく真面目な陽向の眼差《まなざ》しに、ドキリとさせられる。

「私ね、きっと昔から、一緒にいたかったから一緒にいたんだよ。でも、自分でそうじゃないってことにしてた」

今までずっと一緒にいた。それが惰性や義務感のようなものではなく、陽向自身の気持ちで一緒にいたかったと言ってくれている。そんなふうに想ってくれている人がずっとそばにいたのに、どうして俺は気づいてなかったんだろう。

「じゃあ俺も、俺の意思で陽向と向き合う。今なら、それができる気がする」

「昔のことは、忘れちゃってることも多いから、また新しく始めるんだよ」

「二人のこと？」

「うん。ひとつの区切りがついたと思うから。これからも、よろしくね」

陽向の笑顔は、今までよりもスッキリして自然な感じだった。改めて、綺麗な顔をしてると気づかされた。

ここに来てあまり時間は経っていないけど、たくさんの変化があった。自分でもそれはいくらか実感できていて、陽向と一緒にいるだけで後ろめたさを感じていたときとは違うんだと、思うことができている。

いろんな想いを超えて今ここにいるから、今ならきっと、陽向と向き合える。

＊

授業が終わった後、真はそそくさと教室から出て行ってしまった。少ししてから気をきかせてくれたんだと気がついた。

「せっかくだから、二人きりを楽しまないと。ねえ、伊織くん、少し遠回りしよう」

「いいけど、どこか寄るの？」

「ううん。ただの遠回り」

笑っていながらも、少しだけ不安そうに提案をしてくる。そんなふうに言われたら、断ることなんてできない。

「じゃあ、その辺をテキトーに歩こうか」

「うん。だらだらとね」

帰る道とは違う道を指さす陽向を見て、ここから先は今までとは違う道なんだと、強く感じた。

歩いている間は、特別な話をするわけでもなかった。今までも当たり前に話していたようなことばかりだった。

「ちょっとお願いがあるんだ」

「お願い？」

「手を、繋いで欲しいな。帰るまででいいから」

陽向はいつになく顔を赤らめながら、こちらに手を差し出してくる。

「……べつにいいけど？」

その手を取ると、陽向は嬉しそうに微笑んだ。

「初めて繋いだのは、いつだったかな？」

「いつだったかな。一緒に買い物に行って、転ばないようにって繋いだとき？」

陽向は一瞬手を開いたかと思うと、より深く重なるように握りなおしてきた。

「伊織くんの手は、力強くなった」

「陽向の手は今でも柔らかい」

それを実感して、陽向は女の子なんだと認識し直す。陽向にくっつかれたときも、一緒にお風呂に入ったときだって、女の子だということはわかっていたはずだ。でも心のどこかで女の子ではなく、幼馴染としか認識してなかったんだと気づいた。陽向を女の子なんだと思うと、今手を握っていることも、特別なことに思えてしまう。

「これはね、初めての、手を繋いでの散歩なんだよ」

「初めての？」

「私と伊織くんが、ちゃんと向き合ってから初めてってこと。流れとか、なんとなくとか、転ばないようにとか、そういう理由で繋いだんじゃない。手を繋ぎたくて繋いだ、初めての時間……。ちゃんと、覚えててね」

「うん。覚えておく」

陽向が笑顔を見せるたびに、ドキッとする。見慣れているはずなのに。

「これからはね、いろんなことが初めてだよ」

「そうだね。何をしても新鮮な気がする」

「これからの初めては、きっと記憶に残るから」

「忘れたくないな」

陽向とこうしていると、何度も昔のことが頭をよぎる。どれだけ陽向が助けてくれていたのか、改めて思い返すと、陽向にはもう頭が上がらない。

「また一緒に始めるんだから」

陽向と一緒に、家に向かって歩く。

そんなに長い間歩いたわけじゃないけれど、初心に帰って、陽向との関係を見つめ直すには、十分な時間だった。

＊

翌日、俺と陽向はまた二人で道を歩いていた。今日は日曜日なので私服である。

昨日の夜、今日一緒に出かけようと約束をした。上手く陽向を楽しませてあげることができるか心配だ。

陽向は笑顔を見せると、俺の袖口をつまんでクイクイと引っ張った。

「ねえ、伊織くん」

「ん？」

「私ね、女の子だよ」

「……うん」

「たぶん、ずっと好きだった。でもね、それに気づかなかった。自分の気持ちと向き合って、ああ私は伊織くんが好きなんだって、気づいたよ」

「陽向……」

「好きだから、ずっと一緒にいた。だから、これからもずっと一緒にいたい」

陽向の言葉と表情を見て、昔を思い出す。陽向はいつも、俺を助けてくれていた。困っていたら手を差し伸べてくれて、俺が一人で遊んでいたら、混ぜてくれとやってきた。いろんなことができるようになったほうがいいと、たくさんのことを教えてくれた。

陽向が友達と遊ぶときには声をかけてくれて、友達の輪の中に入れてくれた。自信のない俺は、その輪に俺が混ざっていると、みんな嫌な思いをしてるんじゃないかと思っていた。何か失敗してみんなに迷惑をかけるたびにその想いは強くなって、陽向が俺を呼ぶと、陽向が嫌われるんじゃないかと思うようになった。

いつしか俺は陽向と距離を取って、誘われても応じなくなった。

そのときの俺は、陽向はいつも自信満々で、たくさんのことが見えているすごい人なんだと思っていた。本当にそう思っていた。

だけど今俺に、ずっと一緒にいたいと告げた陽向の顔は、どこか自信がなさげて、不安を孕んだ表情をしている。陽向は超人じゃない。ずっと俺のために頑張ってくれていただけなんだと、こんなにも時間をかけて、俺はやっと気づいた。

「俺も陽向と一緒にいたい」

「嬉しいな」

陽向は笑う。

「俺はずっと陽向がいてくれて救われた。陽向のことを女性として好きになってもおかしくなかった。でも、俺なんかじゃ釣り合わないって諦めてた。好きになったらだめだって思ってた。今なら、陽向の想いと、自分の気持ちに向き合える。陽向のこと好きになったらだめだなんてもう思わない……俺は、陽向が好きだ」

思いきって告白する。

「あんまり嬉しいこと言うと、泣いちゃうんだから……」

「陽向、好きだ」

もう一度言って、陽向に向けて手を差し出す。

陽向は少し戸惑って、何度も俺の顔と手を見返していた。おずおずと、ゆっくりと手を伸ばしながら陽向がつぶやく。

「ありがとう。私も、大好き」

陽向は手を重ねて、目を伏せる。涙を流しているようにも見えたけど、見なかったことにした。
＊

帰宅して、お風呂に入ってから、陽向と部屋に戻ってきた。

ベッドで寝ればいいのに、陽向は何故か床にうつ伏せで転がっている。

「眠くなっちゃった」

「もう寝る？」

「ここで寝ていい……？」

「一緒に寝るってこと？　いいけど……間違いなく反応するからね？」

「なにが？」

「それは、あれだよ、男にしかないやつ」

最初はぽかんとしていた陽向が、段々と顔を赤くしていく。

「そ、そっか……そういうの、考えないとなんだね……えっと、そのくらいなら大丈夫だよ。男の人は、そうなんだもんね」

頭になかったようで、なんだかソワソワしている。

「……なら、一緒に寝ようか」

「うん！」

陽向はひょこひょことベッドまで移動すると、布団に入る。こうやってひとつの布団で寝るのは何年ぶりだろう。すごい小さい頃以来だ。

「これで、一緒に寝るのもやり直したよ」

「ん？」

「手を繋ぐのも、一緒に寝るのも、一度したことある。けどなんとなく、深く意識せずにやってきたことだったから。今こうして、意味を理解して、やり直しをしてるの」

陽向は布団の中で俺の手を取る。

「俺たち、いろんな初めてはもう済んじゃってるもんね」

手を握り返す。

「そうやって、一歩ずつ進むんだ」

「素敵だと思う」

陽向を抱き寄せる。温かく柔らかい女性の体に、熱を帯びた吐息。それに加えて、石鹸のいい匂いがした。理性を打ち破るのに十分な条件は揃っている。求めたら陽向はきっと受け入れてくれる。

でも、できることなら初めては陽向が望むタイミングでしたい。こればっかりは、陽向の言うやり直しはできないから。

「おやすみ、伊織くん」

「おやすみ、陽向」

しないと決めてしまえば、この心地よさは睡魔へと向かう。陽向の温かさを感じながら、ゆっくりと眠りについた。

＊

お風呂上がりの陽向が訪ねてきて、俺がゲームをしているのを見ると横に座った。今まては何故か少し離れた位置に座っていたけど、今日はかなり近い。

「陽向はさ、俺が他のみんなと仲よくしてるの嫌じゃない？」

「嫌じゃないよ？　あのね、伊織くんが気にするのはわかるよ。でも、私はそういうの平気だし、今の空気って好きなんだ。だから、それが壊れるようなことがあればすごく嫌だ。私のことも好きでいてくれたら、私は大丈夫」

「……わかった。なら、今までどおりにするよ。でも、陽向のこと大好きだから」

「うん……私もあなたが大好き」

陽向は目を閉じて顎を少し上げる。頬を赤く染めて、何かを催促しているように見える。ドクンと、心臓が跳ねたような気がした。何が求められているかはわかる。俺もずっとしたかった。だから、それに応じるように、ぐっと体を寄せて、顔を近づける。陽向は逃げない。吸い寄せられるように、唇を重ねた。

「ん……」

柔らかくて、ほんのり湿っている。熱くて、とろけそうだ。陽向とこの瞬間を共有できることが、とても幸せに感じる。

「これは、本当に初めてのやつ」

「そうだね。一歩前進？」

「うん。初めてを大事にしてくれる感じ、すごく嬉しいよ」

「陽向とはずっと一緒にいたいから」

再び陽向と唇を重ねる。後ろに回されていた手に力が込められ、体が密着する。いろんな場所で陽向を感じることができて、幸福感が増す。

「ふふっ」

さっきよりも少し長く続けたキスを終えると、陽向は嬉しそうに笑う。今日は、とても幸せな気分で眠れそうだ。

＊

次の日も、俺たちは少しだけ先へ進んだ。

お風呂を済ませ、部屋に戻ってきた。そのままベッドまで行って、腰かける。

「あれ、寝ないの？」

「お風呂上がりの熱が抜けるまで、お喋りするの」

「確かにこのままくっついて寝たら、汗かきそうだね」

「だから、ちょっと我慢するんだ」

そう言って、俺の顔をじっと見つめてくる。

「やっぱりぎゅってする」

我慢は続かなかったようだ。

「暑いのはいいの？」

「いいの」

「なら、おいで」

手を軽く広げて、陽向を待つ。

横に並んだままだからしっかりと抱き合えているわけじゃない。けど、体を寄せてきてくれた陽向をさらに抱き寄せて、ぎゅっと抱きしめる。

「なんかね、こうしてると、ここのあたりが変な感じになる……」

熱に浮かされたような瞳で陽向はじっと俺を見つめ、軽く股を開くと、俺の手を陽向の秘部へと誘導した。

「エッチに、なっちゃったかも……」

触れると、熱く、少し湿り気を感じる。ゴクリと喉を鳴らしていざ触ろうとしたら、陽向に笑われてしまう。

「緊張しなくても大丈夫……」

「うん……」

なんというか、陽向は他の子と比べても特別な存在だ。子供の頃から一緒に過ごしてきた。服の上からだといっても、その子のあそこに初めて触るのである。

ただの感覚でしかないけど、外に露出している男性器でさえ丁寧に扱わないといけないんだ。内側にある女性器はさらに丁寧に扱う必要がある気がする。ゆっくりと、滑らせるように触れた。

「んんっ……」

大丈夫そうなことを確認して、少しだけ強く押す。内側に沈み込むような感覚に、これが本当に陽向の大切な場所なんだと強く意識した。

「あぁっ……」

指を這わせていくと、筋があることがわかる。それに沿って、指を動かしていく。乱暴に触りたい気持ちを抑えながら、ゆっくりと、愛撫を繰り返す。

「んっ……あぁっ……あっ……」

徐々に湿り気が強くなって、陽向の目が潤んでいく。吐く息は熱を帯び、手は俺の服をぎゅっと引っ張っている。

「脱がすね……」

「うん……」

服を脱がせて、陽向に直接触れる。

「んんっ……んっ……」

胸を軽くつかむと、柔らかく形を変える。押し返してくる弾力があって、触り心地がとてもいい。あそこのほうの指に力を込めると、遮っていた布がなくなったぶん深く沈み込む。ぬるりとした感触がして、中に吸い込まれるようだった。さらに奥深くまで指を沈めたいという気持ちを抑えて、ほぐすように周りを触る。

「あぁ……ん……」

「陽向、すごく濡れてる」

胸の感触を堪能しつつ、突起へと指を伸ばす。陽向の体がびくりと震えて、一瞬跳ねた。それだけ敏感なのかも知れない。突起は俺が知っていた形よりも、硬く尖っているように見える。陽向が喜んでいる証のような気がして、嬉しかった。

「んん……切なく、なっちゃうよぉ……」

指で筋をなぞっていると、小さな突起に触れた。

「あっ！　やっ、んんっ！」

再び陽向の体がびくりと跳ねる。心なしかさっきよりも大きい反応な気がする。

「それ、だめっ……あっ、んっ……あぁっ！」

陽向は逃げるように体をくねらせる。触るたびに周りがぬるぬるになっていく。これも陽向が感じている証拠なんだと思ったら、胸が高鳴る。

「あっ、あぁっ、んっ、もう、だめっ……私っ、んんっんんんっ……！」

今までで一番大きく体を跳ねさせて、息を乱す。熱い吐息を俺の首筋に当てながら、陽向は潤んだ目で俺をじっと見ている。

「んっ……はぁっ……あっ……ふぁっ……」

何か言いたげにしているけど、呼吸が整わないのか、まだ息が荒い。

「はぁ……ん……んん……あの、ね、気持ち、よかったよ……」

俺の服を握りしめていた陽向の手から、少しずつ力が抜けていく。

「でも、疲れちゃったみたい……」

完全に力が抜ける前に陽向を抱きかかえて、ゆっくりとベッドに寝かせた。

さらに先の行為に進みたいと思っていたはずだった。けれど、嬉しそうにしている陽向を見ていたら、自然と気持ちが落ち着いていく。陽向を感じながら眠れることが、今はとても嬉しい。

＊

陽向との初めてのときがやって来たのは、次の日だった。

「伊織くん、なかなか由々しき事態なんですが」

全然由々しき事態じゃなさそうな感じで陽向が言ってくる。

「どうしたの?」

「なんかね、そのね、どうしても昨日してもらったこと思い出しちゃって」

昨日したことと言えば、おそらくはエッチなことだ。

「そのたびにあそこが変な感じになって、また触って欲しくなっちゃって……時間が経てばとか、お風呂入ったらとか、そのうち治るかなーって思ってたけど、そのままなの」

これは求められているんだろうか。迷っているけど、俺の股間はすでに反応してしまっている……。

陽向はこちらに体を寄せてくる。股間に手を這わせて、潤んだ瞳で見つめてきた。

「だから、昨日の続き、しよ?」

「いいの……?」

「したいの……」

「……わかった」

寄りかかってきていた陽向を、ゆっくりと寝かせた。反応を見ながら、服を脱がせていく。陽向の体を改めて眺める。昨日は触ることに一生懸命でよく見れていなかった。こんなに綺麗だったのかと、感動する。

陽向の秘部からあふれる蜜は、下まで垂れるくらいになっている。それがとてもエロく感じて、自然と手が動く。

「ああっ……んっ……あっ……あぁ……」

陽向は体をよじって、切なそうにする。触れるたびに陽向が反応をしてくれる。それが嬉しくてたまらない。

空いてるほうの手であそこを触る。指でなぞると、くちゅくちゅと音が聞こえた。

「あっ、んっ……そこ、んん……あそこ、変な感じに、なっちゃう……」

筋に指を這わせながら、少しずつ拡げるように動かす。どのくらい濡れてたら大丈夫かはわからない。でも、もう入れたくてたまらない。

「陽向、そろそろ……」

「うん……いいよ。私も、欲しく、なってるから……」

許可をもらって、胸がドクンと脈を打つ。股間のものはギンギンで、痛いくらいに膨れ上がっていた。陽向のあそこにあてがって、位置を確認する。

「ちょうだい……」

ぐいっと押し込むと、何かに遮られる。その抵抗を破るように、さらに押し込んだ。

「あっ、んんっ……」

何かを破る感覚がして、奥まで入った。ぬるっとした生温かい柔らかい壁に包まれて、今

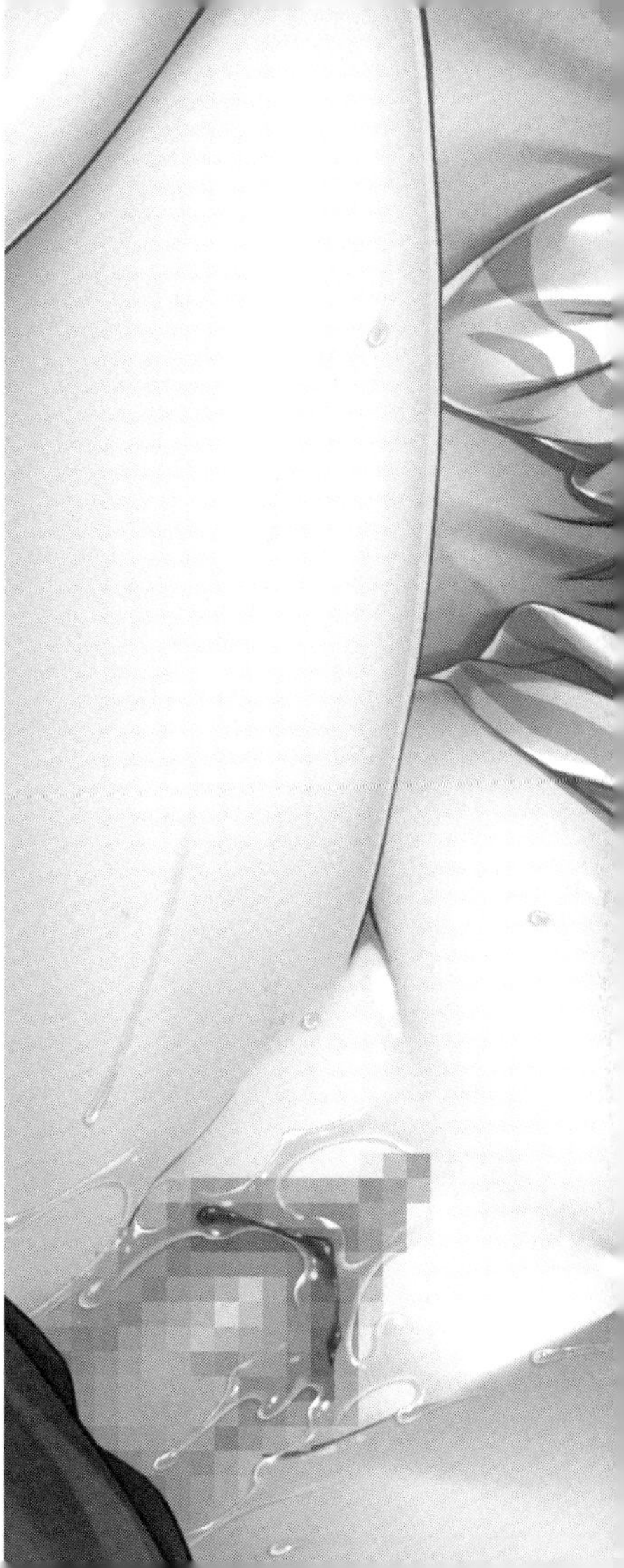

にも出そうになる。

「んぅ……奥、入った……？」

「入ったよ。大丈夫？」

「うん……大丈夫……」

喜びと気持ちよさで射精してしまいそうなのを頑張って抑える。結合部を見ると、血が少し出ているのが見えた。

「痛くなかった？」

「ちょっとだけ。ごめんね、動くの待っててくれてるんだよね。もう大丈夫だよ……？」

言われてすぐに、腰を動かす。

「あぁっ、んんっ……あっ、あぁっ……」

腰を少し動かすだけでも中ですごく擦れる。抱きしめられているような感覚に、今までにない快感が襲ってくる。陽向が体を動かすと、中もそれに応じて動く。まるで揉んでいるかのように中でうねり、搾り取ろうとしてくる。

「はぁ……んっ……あっ……お腹、熱い……太いの、入ってきてるっ……」

陽向は甘い声を上げ、潤んだ瞳で見つめてくる。それを見るだけで、モノがびくんと跳ねた。ここまでしても、未だに恥ずかしそうにしている陽向がとても可愛くて、腰が速くなってしまう。

「んんっ！　あっ……やぁっ、速く、なって……はぁっ、あっ、んっ……」

こちらの動きに合わせて、陽向の呼吸も荒くなる。恥ずかしがっていたのに、陽向は自ら腰を動かし始める。あふれてきた愛液が擦れて、水音を立て始めた。お尻も、太ももも、陽向が動くたびにこちらに打ちつけられる。それがまたとても気持ちいい。一生懸命に腰を振る陽向が愛おしくてたまらなくなって、陽向の奥へと深くねじ込む。

「陽向も、腰動かしてる」

「だ、だって……気持ちよく、してくれるからっ……勝手に……初めてなのに、こんなに、なるなんてっ……私、エッチだったんだっ……んんっ、はぁっ……」

「陽向の体は、すごくエッチだよ……俺も、出そうだ」

「いい、よっ……出して……中に、たくさん……いっぱい、欲しいからっ……」

陽向に求められて、また絶頂に向けて腰の動きが激しくなる。愛液でどろどろになった膣内は、モノに絡みついて、うねるように刺激してくる。

「陽向……っ」

「あっ、あっ、あっ、やっ、ああっ！　はっ、あっ！　あっ……んんんっ！」

ぐっと奥に押し込んで、注ぎ込む。陽向は体をびくびくと震わせて、脱力する。それに合わせてあそこがぐにぐにと動いて、精液が搾り取られていく。

「はっ、あっ……んっ……熱いの、出てる……びくびくってして……あったかい……」

「全部、持ってかれた感じ……」

出し尽くして、その余韻を楽しむように陽向の中を行き来する。

「エッチって、気持ちいいんだね……」

「気持ちよすぎるよ……」

「これからは、いっぱいできるね？」

「したいな……今日はもう、無理だけど……」

体がふらついて、陽向のほうへと倒れ込む。繋がったまま、体力が戻るまで陽向の上で休ませてもらった。

お互いに体を軽く拭いて、服を整えてからベッドに入った。

「おやすみ。また明日ね」

「おやすみ」

少し体を寄せると、陽向も寄ってくる。そのままぎゅっと抱きしめた。

＊

初エッチをして少し気持ちが落ち着いたのか、陽向は日常の様々なことに興味を示し、真剣に取り組むようになった。

成長したい、と陽向は言う。まずは家事からと、家中の大掃除を始めた。

そして数日後には、俺の部屋に来て勉強したいと言い出した。

「今日は、伊織くんから教わります！」

「俺が何か教えるってこと？　俺が陽向に教えられることなんてないよ」

「じゃあ、歴史のゲームしよう！」

俺が歴史を好きだから歴史ゲームを好んですることを陽向は知っている。

その日はゲームをしながら、俺の知っていることをいろいろ陽向に教えた。きりのいいところまでゲームを進めて、コントローラーを置く。

「少し勉強した！」

陽向は立ち上がったかと思うと、ベッドに転がる。ベッドで寝返りをうつたびに、お尻がひょこひょこと動いていた。そのうちピタリと止まって、仰向けになる。

「伊織くん、私ね、いつか伊織くんと一緒に見たいものがあるんだ」

「見たいもの？」

「前にちょっと話したことあるんだけど、覚えてるかな……？　私のお母さんが、お父さんと婚約したときに見たっていう……」

「グリーンフラッシュのことだよね？　覚えてるよ」

「うん。太陽が沈む瞬間にね、緑色に光るの。神秘的だから見たいって人はいるみたいだけど、普通、全然見れないみたいで。だから、見る挑戦をしたいなって」

「どこで見れるの？」

「いろんなところで見れるんだけど、ここからなら小笠原諸島とかかな」

「旅行も楽しめそうだね」

「一回じゃ見れないとは思うけど……」

「それなら、何回も行こう」

「いいの？」

「いいよ。陽向の目標のひとつだもんね」

「ありがとう」

陽向は嬉しそうに笑うと、膝の上に乗ってきて頬をすりつけてくる。そのたびに、太ももがわずかに動いて、刺激された。

「陽向、反応しちゃうよ」

「……してもいいよ」

くっついてきた時点でそういう目的があったというわけだ。

俺たちはまた、深く愛し合った。何度しても、陽向の体は気持ちいいと感じられた。

＊

その後も陽向は、毎日のように勉強していた。

体を柔らかくしたいと、真に本格的なストレッチを習ったり、晶さんに教えてもらってオムライスを作ったり、彼方さんにＰＣのことを質問したりしていた。

ただ、どこか陽向が無理をしているような気がしてならなかった。

陽向の部屋に行く。陽向はベッドに座ってニコニコしながら、俺のほうを見ている。来いということなんだと思って、そそくさと陽向のところに移動する。吸い寄せられるように顔を近づけて、唇を重ねる。

「んっ……」

心地よい唇の感触に、もっと欲しいと、ついばむように愛撫する。陽向もそれに応じてくれた。

「んん……ちゅ……」

ここ最近の陽向の様子を思い出す。最初は単にいろいろ興味を持って学ぼうとしているんだと思っていた。でもそのうち、どこか無理をしているような、必要以上に何かを求めているような、そんな感じがしてきた。

陽向が何を思って、いろいろなことを学ぼうとしているのかはわからない。無理をしているのなら、止めたいと思う。だから、ゆっくりと話し合いたかった。

「んっ……はぁっ……」

唇を離すと、陽向は熱に浮かされたような表情で、こちらをじっと見る。

「欲しいの……」

陽向に求められて、それに応じる。

ゆっくりと服を脱がせると、陽向はベッドに転がった。そのまま脚を抱え上げる。

陽向の股は大きく開き、あそこが丸見えになっている。

「これ、恥ずかしい……」

新しい体位は少し新鮮で興奮する。あてがったペニスをゆっくりと擦りつけていく。陽向から漏れ出る愛液を、馴染ませるようにペニスにまとわりつかせる。

「いくよ」

「うん……ちょうだいっ……」

ペニスを陽向に突き立てて、ぐっと押し入れる。

「ふぁぁぁぁぁっ……」

にゅるんと奥まで入る。今までしたことがない体位。俺からするとさほど変化はないけど、陽向にとっては大きな違いらしい。体を震わせている。

「陽向の綺麗な体がよく見えるよ」

「そんなこと、言わないでよぉ……恥ずかしい……」

陽向のあそこがぎゅっと締まる。その刺激に、少し前屈みになってしまった。陽向の震えが収まってきたので、腰を動かす。

陽向が快感に乱れると、シーツがくしゃりと捩れる。体を赤く染め、目を潤ませているその姿はとても妖艶だった。

「んくっ、はっ、ああっ、いっぱい、擦られてるっ……」

体位が変わっても、陽向のあそこは変わらず吸いついてくる。ペニスの形に合わせて変化し、優しく包み込まれる。ぬるりとした膣壁に絡みつかれ、舐め上げられていく。

「ふぁっ、あっ、こんな、こんなのっ……我慢、できないっ……あぁっ、あぁあっ」

陽向が体を捩るたび、たわわな胸は艶やかに揺れる。そんなものを見せられたら、動きっていくのだろうか。陽向が本当に気持ちよくなってしまう。あそこからは愛液があふれてきて、陽向が本当に気持ちよくなっているんだと教えてくれる。あふれる愛液は擦れるたびにじゅぷじゅぷと卑猥な音を立て、互いを濡らしていく。

「ああ、強いよ、気持ち、いいっ……んっ、あああっ……！」

今までぎこちなく動いていた陽向の腰が、コツをつかんだのか滑らかに動く。前後に振られて、今度は俺が横の刺激に襲われる。

「おちんちん、気持ちいいっ……ああっ、んぅ、あっ、んんっ！」

陽向の足から力が抜けて、完全に俺に預けてくる。力が抜けたぶん、あそこにはスムーズに入るようになった。陽向が俺に身を委ねていることに、なんだか興奮してしまう。

「はっ、んっ……私、もうっ、だめっ……我慢、できないっ……イッちゃうっ……」

俺も限界が近い。最後に向けて、少しずつ速度を上げていく。

「中に出すね……」

力の抜けた陽向の体を、一心に突く。

「はっ、あああっ……んっ、激しいっ……んんっ」

他の箇所はだらりと垂らして、腰だけを揺らす陽向。奥まで突くと背中を大きく反らす。

「んっ、もう、いく、イッちゃうっ、あなたのおちんちんで、イッちゃうのぉっ」

陽向の脚をしっかりとつかむと、思いきり奥まで突き入れる。押しつけて、注ぎ込んだ。

「あああっ！　あっ、あああっ！　あっ、あぁっ……んっ……」

　びくんと体を震えさせ、陽向は腰を大きく揺らす。その動きに促されるように、どくどくと最後まで注ぎ込む。

「はぁっ……ああ……たくさん、入ってくるっ……」

　腰だけびくびくと震わせている陽向の姿は、とても妖艶に映る。

「恥ずかしい……でも……ありがとう……」

　陽向はとても満足そうだった。

　しかし、瞳の中に浮かぶ寂しげな色は、なぜかずっと消えなかった。

＊

　いろいろなことに挑戦して頑張っ

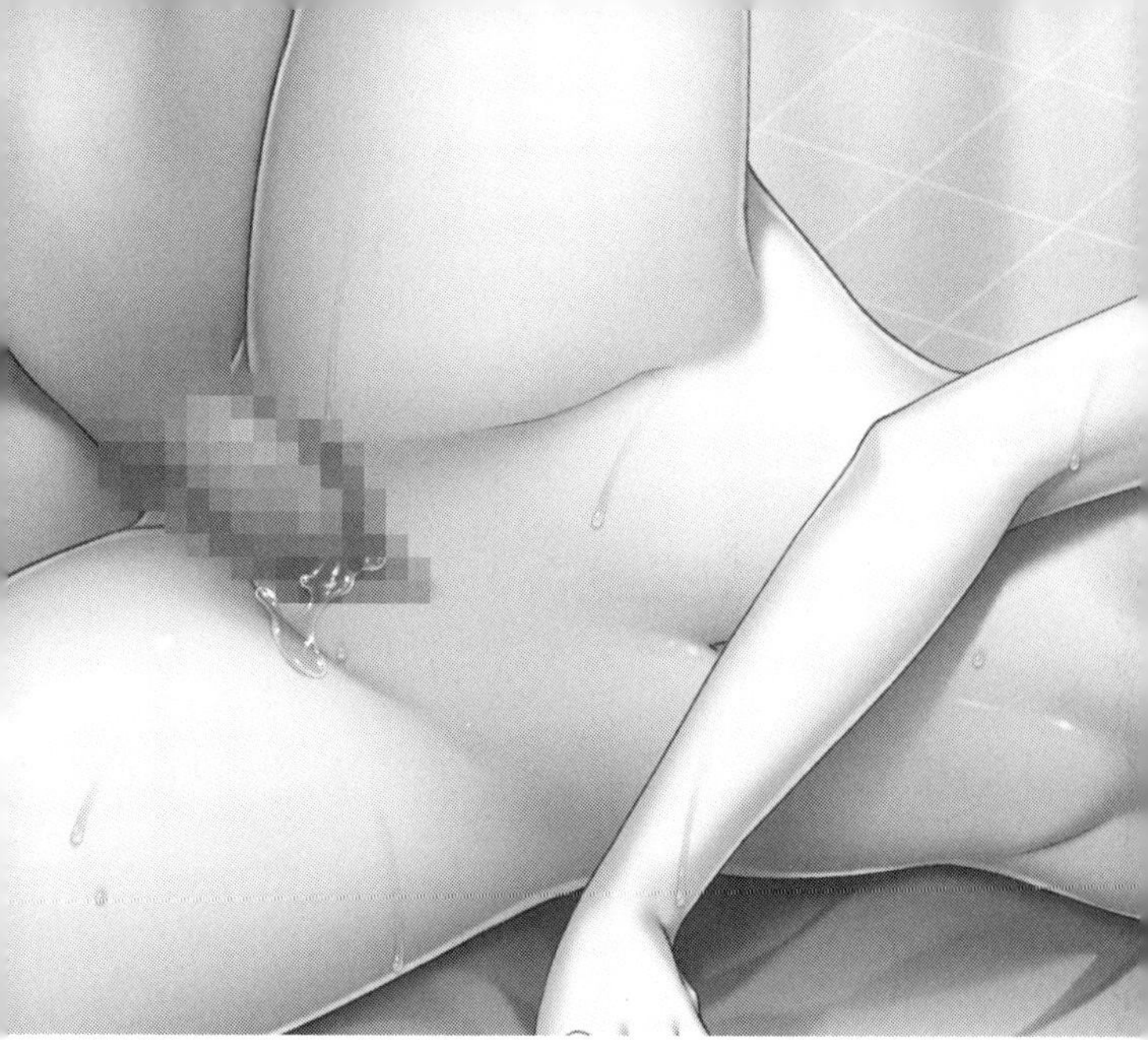

ている陽向が、どこか無理をしているように見えることは、他のみんなも気づいているようだった。

　陽向自身、俺に対して何か言いたそうにして、言うのをやめたりしている。

　そんな空気のまま数日が過ぎ——ある晩、陽向は神妙な面持ちで俺の部屋にやってきた。

「お話しに来たの」

　俺に抱きついて、陽向が言う。

「どんな話？」

「これから、どうすればいいんだろうって」

「聞くよ」

　陽向は頭を俺の胸に乗せる。縋《すが》るように、体重を預けてきた。

「ごめんね、変な心配させちゃったよね。ずっといろいろ考えて、少しまとまったから、伊織くんと話そうと思って」

勇気がいることなのか、陽向は少しの間沈黙をしてから、再び口を開いた。

「私は……すごい人になりたいって思ってた。こんな子、絶対に手放したくないって伊織くんが思ってくれるくらい、すごい人になりたかった」

少し泣きそうな感じで声を震わせる陽向。

「私は、みんなに比べたら何もないの。私が得意なこと、ないんだもん。運動できないし、器用に髪の毛を切ったりできない。美味しい料理を作ったり、優しく諭したりできない。専門的な知識もないし、温かく包み込む包容力もない。ゲームだって、一番下手」

「そんなことないよ」

「伊織くんの一番になりたかったのに、私が一番だめなんだって、悩んでた。だから、私なりに考えて、いろいろ挑戦しようと思った。みんなに教わって、成長できたらって。一番にしてもらうなら、一番すごくないとだめだって」

「無理をしてるんじゃないかって心配してた」

「自覚はなかったけど、また私、無理をしてたのかな……」

泣きべそをかいている陽向の頭を撫でる。

「陽向が俺のために頑張ろうとしてくれたのはすごく嬉しい。でも、辛い思いをするのは、嬉しくない。確かにみんな、優れたものを持ってるかもしれない。とても魅力的な特技を持ってるって思う。でもさ、もしそれらがなかったとしたら、陽向はみんなのこと好きじゃなくなる？」

「ならない……」

「仕事や社会のことで言えば結果がすべてかも知れないけど、人はそれだけじゃないよ」

「でも、何もないのも、心苦しいよ……」

「そう思うなら、これだけは誰にも負けないっていうのを、探していけばいいんじゃないかな、これから」

「私にも……何かあるのかな……？」

「今までいろいろやってみて、特別楽しかったことはなかった？」

「……お掃除、楽しかった。なんだか、綺麗になるとすごく嬉しくて、みんなに見てもらいたいって思えて……少しだけ、やらないとっていう気持ちじゃなくて、やりたいって気持ちが他より強かった気がする」

陽向は、誰かのためや、自分のためのことよりも、みんなのためとなることのほうが好きなのかも知れない。

「同じ勉強でも、好きなことを伸ばすほうが楽しいよ」

「でも、掃除ってなんか、趣味とか、目標とは違うような……」

「掃除は雑用のように感じるけど、とても大事な作業なんだよ。なかには汚いほうが好きだっていう人もいるかもしれないけど、ほとんどの人は、綺麗なほうが好き。綺麗だときっとみんな気分がよくなる。陽向はそうやって人が喜んでくれることが好きなんじゃないかな」

「喜んでもらえるのは、嬉しい、かな……」

「掃除はきっかけでいいんだよ。本当に好きなら、とことん突き詰めればいいし、そうじゃなかったなら、今得たヒントからまた新しい目標を探せばいい」

再び陽向の頭を撫でる。

「一番最初に、答えは見つかってたんだね……無駄なことしちゃったかな」

「間違っても経験したことはなくならない。経験したことは、きっとどこかで何かの役に立つ。だから、陽向のしたことは無駄じゃない」

俺自身も、勇気を出してここに来て、その結果があるからこそ賛同している意見だ。

「伊織くんは、みんなみたいにすごいところがない私のこと、嫌いにならない……？」

「ならないよ。それに陽向は、みんなが持ってないいいところ、ちゃんと持ってる」

「どんなとこ……？」

「陽向はね、何に対しても一生懸命。どんなことにも、全力でぶつかる。だからいろんなことに手を出すことを、みんなが心配した」

上手く行かなくても、何度も挑戦する。不器用だけど、諦めない。そうやって積み重ねて、難易度の高いゲームだってクリアする。掃除も、洗濯も料理も、いろんなことを覚えて、俺の道標《みちしるべ》になろうとしてくれた。

「でも、頑張っても結果が伴わないこと多いよ……？」

「それでももっと頑張ろうって、目標のために諦めずに挑戦する陽向が俺は好きだよ。無理をして全部がよくなった陽向よりも、自分のために頑張れる陽向らしい陽向のほうが俺は好き」

「へへー」

陽向は無邪気に笑う。

つき合い始めたときに、やっと陽向を解放してあげられたと思っていた。でも俺が陽向に甘えていたせいで、また違う荷物を背負わせてしまっていた。それを、今やっと降ろさせてあげることができた気がする。

「伊織くんは、ちゃんと私のこと見ててくれたんだ」

「大切な人だからね」

「エッチする？」

「……この流れで？」

「この流れだから？　私はね、今、抱かれたくてたまらない……」

陽向が股間に触れてくる。その行為に促されるように、陽向の服をはだけさせ、ベッドへと寝かせる。ペニスをあそこに押し当てると、陽向が手を取って欲しそうに手を前に出していた。その手を取って、握りしめる。

「あったかいね……」

「陽向の手は、いつ握っても気持ちがいい」

「ありがと……」

陽向は少し照れくさそうにする。

「入れるよ」

「うん……ちょうだい……」

何度か、ペニスを陽向のあそこに擦りつける。再び愛液を塗りつけてから、陽向に突き入れる。

「んんぅ……入って、くる……」

ずぶずぶとペニスが陽向に埋もれていく。握っている手に、力が入ってしまう。

「動くよ……」

我慢できなくなって、腰を動かした。

陽向の手をぎゅっと握ると、陽向も握り返してくれる。それに合わせて、膣もぎゅっと締まる。不規則に締まる膣内で、射精感が増していく。

「ふぁっ、あっ、んんっ、感じちゃうっ、ぎゅってくっついて、いっぱい擦れて……」

「俺も、陽向に気持ちよくなって欲しい……」

今まで、陽向がいいと言っていた場所を思い出して、当てていく。

「あっ、いいっ、気持ち、いいのぉ……もっと、たくさん、してっ……」

陽向はびくびくと体を震わせる。結合部からは、どろどろと愛液があふれ出してくる。じゅぷじゅぷと卑猥な音を立てながら、ペニスが陽向の中へと滑り込む。柔らかな肉壁は吸いついてきて、先端から根元まで、カリの裏も全部ねっとりと舐め上げられる。

「エッチな音、すごいっ、おまんこ、気持ちよくて、おかしくなっちゃうっ、エッチなおまんこになっちゃうっ……！」

激しく動く陽向の中で、ペニスは揉みしだかれる。たくさんの快感が積み重なって、絶頂が近づいてくる。

「中に、出すから」

「うん、いっぱいちょうだいっ……」

陽向の手を強く握りしめ、絶頂に向けて、腰の速度を上げていく。

「あっ、はっ、ああっ、んっ……変になっちゃうっ、気持ち、よすぎてっ……」

陽向は指を妖艶に絡めてくると、ぎゅっぎゅっと、強めたり弱めたりを繰り返す。

「んんっ、私、もう、イッちゃうっ、おちんちんで気持ちよくなってイッちゃうのっ！」

陽向の動きは大きくなって、ペニスが上に下にとたくさんあたる。手に力を込め、少し角度をつけて陽向を突く。

そして陽向の最奥まで突き入れると、思いきり精液を注ぎ込んだ。

「ふぁぁっ、あっ、あああっ‼　あっ、ああああっ！　んっ……あっ……あぁ……」

陽向の体が大きく跳ねる。お腹をぐっと持ち上げたかと思えば、大きくへこませる。うねるように腰を震わせて、残りの射精を後押ししてくれた。その間も、手を放さない。

「奥、すごい、入ってくる……熱いの……」

ずっと握っていてくれていた手を、強く握る。結合部からあふれ出た精液は、陽向の愛液と混じってどろどろと垂れてくる。

陽向は瞳を潤ませて、じっと俺の顔を見つめてきた。

「ちゃんと、話してよかった。伊織くんが、私のいいところ見つけてくれた」

「陽向が気づいてなかっただけだよ」

「教えてくれて、それが好きだって言ってくれた」

陽向の頭を撫でる。陽向は少し恥ずかしそうに、でも嬉しそうにした。

「だからね、私は、私を頑張ればいいんだって気づいた」

「うん。陽向は陽向らしくあるのが、一番素敵だと思う」

「困ったら、助けてね？」

「もちろん。でも俺が困ったら、陽向にも助けてもらうよ」

「いいよ。任せといて！」

「一緒に、頑張ろう」

「うん。頑張ろう」

陽向の手を強く握る。陽向はすぐに握り返してくれた。

＊

その年から、俺と陽向は毎年、旅行に出かけた。

グリーンフラッシュを見るためには、何度もチャレンジしなければならない。

太陽が緑色に光り、水平線に沈む瞬間を、いつか陽向と一緒に見たいと思った。

第六章 Everyone's story 恋と、恋と、恋と！

目が覚めて、少しずつ意識がはっきりしていく。

まだわずかにまどろんでいた頭のなかでは、まるでこの世界が夢の続きであるかのように感じていた。

「うわっ」

部屋の外に出ると、目の前に陽向がいた。移動中だったようで驚いている。そのまま何を思ったのかじっとこっちを見つめていた。

「私よ！　幼馴染の陽向よ！」

「いや、うん……知ってるけど……」

「もうちょっと寝ててくれたら、ぬくぬくしに行ったのに」

「もう起きないといけない時間だよ。とりあえずご飯食べないと」

「そーする！」

陽向はそそくさと行ってしまう。キッチンのほうに向かっていたから、今日は陽向が作ってくれるんだろう。

「あ、おはよう」

脱衣所に入ると、顔を洗っている真がいた。

「おはよう」

今更ながら、寝起きの女の子が目の前にいる状況に慣れすぎなのではという気持ちが湧いてくる。

「さっき陽向が、伊織の布団に潜るって言ってたけど」

「部屋の前で会ったよ」

俺の部屋に入ろうとしてたから妙に驚いてたのか……。

「私もちょっと行きたかったけど……」

「時間があるときなら、来てくれたら俺も嬉しいよ」

「じゃあ、今、ちょっとだけ」

真はもじもじしながら、こちらをチラチラと見てくる。

俺が腕を少し開くと、抱きついてきた。

「へへー」

俺に抱きついて嬉しそうにする真を見て、俺も嬉しくなってしまう。

「それじゃ、充電させてもらったし、陽向とご飯作ってくるね」

真は会釈をして、リビングに戻って行く。

俺もさっさと洗面を済ませてリビングに行こう。顔を洗おうと、洗面台に向き直る。

「朝からイチャついてた」

声が聞こえたので再び入り口のほうを見ると、晶さんが立っていた。

「おはようございます」

「おはよう。真は二人でいると積極的なんだな」

「そういうところも可愛いです」

「私は?」

「晶さんも二人になると積極的になってくれますけど、みんながいるときでもこそっと近くに来てくれるのはとても可愛いです」

「小さいからばれづらい。まあ、可愛いって言ってもらえるなら、ばれてもいいけど」

「隠すような間柄でもなくなっちゃいましたからね」

「そうだな。みんなくっつきたがって場所の取り合いになってるけど」

二人で話しながら、朝の準備を整える。晶さんが終わるのを待って、脱衣所を後にした。

「わわっ」

脱衣所から出るとすぐに、柔らかい何かにぶつかった。そのまま抱き締められる。

「つかまえた」

「おはようございます」

このおっぱいは見なくてもわかる。彼方さんだ。

「おはよ。二人でエッチなことしてた？」

俺と晶さんを見てからかってくる。

「してない。真はちょっとしてた」

それをここでばらさなくても。

「何してたの？」

「今まさに彼方さんとしていることです」

「ハグハグ」

「改めて見てみると、女性への慣れっぷりがすごいな……」

晶さんは呆れている。しかしそのとおりだと思う。自分でも驚く。

「とりあえず、私は先に行ってるから、話し終わったら来いよ」

晶さんはキッチンのほうに歩いて行く。真と陽向を手伝うつもりなんだろう。

「気を遣ってくれたのかな？」

「そうかも知れないです。それで、あの、こうしているのはすごく好きなんですけど、あまり長いと慣れてきたとは言ってもさすがに反応してしまうので……」

「このままする……？」

「そんなふうに言われるとしたくなってしまいます……。まだ朝ですし、このままというのもいろいろあるので」

「じゃあ、夜まで我慢しようかな」

「すみません」

そう言うと、ようやく彼方さんは俺を解放した。そして、独り言のようにつぶやく。

「せっかくみんな同じ気持ちなのに、一人ずつっていうのも少し寂しいよね」

「え？　それはどういう……」

「ちょっと、みんなに聞いておくね」

彼方さんは俺の頭をぐしぐしと撫でてから脱衣所に向かう。

一人ずつが寂しいということは……？　彼方さんの言ったことの意味がわからず、いろいろ考えてみる。

今の状態を一般的に表現するのなら、いわゆる四股状態だ。

俺はみんなと恋愛関係にあり、体も何度か重ねている。こうなる前に、誰か一人を選ばなければと考えてはいたのだけど……。四人は誰か一人を選ぶことをやめて欲しいと言う。みんな俺のことを好きだと言ってくれる。

俺の気持ちにも応えてくれて、四人とも仲違《なかたが》いすることなく関係を許容してくれている。それがどれだけ奇異なことなのか、想像もつかない。なんだか幸せすぎて反動が怖いくらいだ。だからこそ、失わないように、頑張らなければならない。

＊

その日の夜。お風呂もご飯も終え、俺の部屋にみんなで集まった。

もともと今日は陽向が来ると言っていた日だったと思ったけど、何やら話があるとのことで全員がいた。

「今日はね、提案があってみんなで来たんだ」

陽向が話の口火を切る。

「提案？」

「もともとは彼方さんから持ちかけられたことなんだけど」

「みんなで話して、納得して、そうしてもらおうってみんなで来たの」

陽向の言葉を真が継ぐ。

「どういうこと？」

尋ねると、みんなの顔を見回して彼方さんがはっきりとした声で話し始めた。

「いつもじゃないんだけど、ときどき、みんなで一緒にしてもらえたらなって」

「一緒に？　えっ、してもらえたらってことは……」

きょとんとする俺に、陽向がニッコリと微笑む。

「1対1でする時間ももちろん大切なんだけど、違う選択肢があってもいいよねって」

「それって要するに……」

「戸惑うのはわかるけど、私たちは了承済みだ」

「あとは、あなたがどうするかだけ」

晶さんと真も納得した様子でうなずいている。

「この先、誰かがしてるところに遭遇するとか、そういう機会はきっとたくさんある。そう考えたら、それすら共有できる関係のほうが上手くいくって言われて、納得した。恥ずかしくないわけではない……」

晶さんまで賛成しているってことは、もう誰も反対している人はいないということだ。

彼方さんはみんなの気持ちを考えてくれたんだろう。

「四人を相手にするのは大変だとは思うんだけど……」

陽向がちょっと心配そうに俺の反応を窺う。

みんなを不安がらせてはいけない。俺がしっかりしなくっちゃだ。

「……俺は、こんな夢みたいな話を断れる人間じゃないよ。もちろん上手くできる自信なんてない。でも、みんながいいなら、お願いしたい」

「決まりだね」

「これからは順番も、少し緩くなりますね」

顔を見合わせてホッとした様子を見せる彼方さんと陽向。

それを待っていたかのように、晶さんが少し興奮した様子でこちらに近づいてくる。

「うう……さっきからずっとエロいこと考えてたから、もう我慢できない……」

「私も、してくれるって言われて、その気になっちゃってる……」

真も顔を赤くして、すっかり発情しているみたいだ。

真と晶さんだけでなく、陽向と彼方さんも興奮している。

みんなで一緒に、という状況に、みんなの気持ちが盛り上がっている。

俺としては正直どうすればいいのかわからないので、今は彼女たちに身を任せることにした。

みんなで服を脱ぎ、体を寄せ合う。

陽向と彼方さんの胸にペニスが挟まれて、なんと表現すればいいかわからない状態になっている。とりあえず、とても気持ちがいい。

「一緒にやるならこういうのもできるかと思って」

どうやら陽向の提案のようだ。ボリュームのある陽向と彼方さんのおっぱいが俺のモノを挟んでいる。

晶さんと真は俺の胸のほうに顔を寄せてくる。

「私たちはこっちで頑張ろう」

「はい。向こうはパワーですが、こっちはテクニックのつもりでやりましょう」

晶さんたちが対抗意識を燃やしている。

それを見て、陽向たちの気持ちにも火がついたようだ。

「こっちも負けてられないです！」

「そうだね、頑張ろう」

陽向と彼方さんは、ゆっくりと自分の胸を上下させ始める。二人の柔らかな胸で、ペニスが擦られていく。

「んっ……あぁ……」

「はぁっ……んっ……やっぱり、擦れるっ……」

二人の、微妙に柔らかさの違う胸に包まれてペニスがビクンと跳ねる。感触はもちろんのこと、二人でしてくれているという状況がたまらない。

「れる……ん……ちゅ……」

「ちゅる……れろ……ん……」

真と晶さんは首筋や、頬、唇まで、舌を這わせてくる。ぬるりとした生温かい舌が、チロチロと触れてきた。

「ん……晶さんの舌に、当たっちゃいますね……」

「そんなの、もう今更気にする関係でもないだろ……」

「はい……ずいぶんと、心の距離が近くなった気がします……」

一緒にすることで、俺とだけではなく女の子同士でも距離が近くなっているようだ。それは、普段の会話のなかでもなんとなく感じていたけど、いざこうやって体を重ねるとわかりやすい。

「ちゅ……れろ……彼方の思惑どおりか……れる……」

「こうなって、よかったです……ちゅぷ……」

二人は体を俺に押しつけて、すり合わせながら舌を動かす。俺の腕を股で挟むようにして寄りかかっていて、あそこを腕に擦り合わせてきている。どちらかが舐めるの休むと、もう片方が身を乗り出して、空いたスペースを使って唇を奪ってくる。

「はぁっ……んっ……れろ……ちゅぷ……」

「んんっ……ちゅ……れる……ちゅるる……」

パイズリをしてもらいながらキスをしてもらうという本来あり得ない状況に、興奮が止まらない。

「向こうの二人、いつの間にかずいぶん積極的です……れる……んちゅ……ちゅぷ……」

「だんだん素が出てきてるだけかも……ちゅ……ん……」

陽向と彼方さんも舌を這わせてくる。ペニスに生温かいぬるっとしたものが触れて、ビクンと反応してしまう。竿は二人の胸にぎゅっと包まれて、飛びだした先端は舐め上げられる。どちらも不規則に動くせいで、普段とはまったく違う快感が走った。

「んっ……はぁ……熱くて、二人きりのときより大きいっ……。びくびくふるえて……ぎゅって、したくなる……」

「……四人一緒だと、おちんちんも喜んでくれるみたいですね」

「素直でかわいい……ちゅ……れる……」

思わず何かに縋《すが》りたくなり、すぐ近くにある真たちの体をぐっとつかんだ。

「ああっ……んぅっ……」

「んんっ……はぁ……あぁ……」

手で足をつかんで、撫でまわす。抱きしめたい気持ちを、それで代替した。

「あっ、んっ……そこはっ、ああっ……」

晶と真のあそこの場所を探し当て、指を沈めていく。

「ああっ、あっ、入って、きてるっ……んんっ……」

「すぐ、中に入りたがる……んっ……」

深く入る指を、あそこはぎゅっとつかんでくる。ぬるっとした膣壁が絡みついてきた。二人は気持ちよさそうにしながらも、こちらに体を擦りつけてくる。

「お汁、もうあふれてきてる……ちゅ……ん」

「ちゅぷ……れろ……気持ちいい……？」

　漏れ出た我慢汁を、陽向と彼方さんが舐め取っていく。亀頭に舌が触れて、ビクリとした。二人が胸を揺らすと、ペニスとだけではなく二人の胸の先端も擦れ合う。

「ちゅる……ちゅぷ……んちゅ……これ、我慢できなく、なっちゃいそう……」

「れろ……ちゅ……はぁっ……んっ……ちゅぷ……んっ……お汁、とまらない……」

　あふれ出る我慢汁が何度も二人の舌がすくい上げていく。

　二人の責めにたまらなくなって、しがみつきたい気持ちを指を動かして発散する。

「ああっ、んっ、あっ、指、激しいっ……んんっ」

「んっ、だめっ、掻き混ぜたらっ……ああっ、あっ」

　真と晶さんの中を掻き混ぜる。指を曲げ、二人の好きな場所に押し込むと、体をびくびくと震わせて反応してくれた。

「んんっ、好きなとこ覚えられてるっ……ああっ、あっ、感じちゃう、だろっ……」

「あああっ、やっ、んんっ、だめっ、これ、欲しくなっちゃうっ……あっ、ああっ」

　一度指を引き抜くと、指の数を増やして再び深くねじ込む。指先のほうが感覚が優れているせいか、膣壁を押し拡げていく感触がすごかった。

　晶さんの体が段々と熱くなっていく。小刻みに震えながら、体を押しつけてきた。

「ああっ、もうっ、だめっ、気持ちいいっ！ああっ、あっ、あああああっ！」

　晶さんが体を震わせて、達してしまう。その体の揺れで、指は抜けてしまった。

「んん……イッちゃった……」

それでも、顔はとろんとして、体は脱力している。

「こんなの、見せられたら……私っ……んんっ……」

目の前で晶さんの絶頂を見た真の体温も上がっているのがわかる。膣内はうねり、指をつかもうとしているかのようにぎゅっと締まった。

「イクとき、あんなふうになるんだ……」

「今回は、じっくり見れますね……」

彼方さんたちも興味深そうに真を見つめている。

「そんな、じっくり見るようなものじゃっ……あっ」

同じように真の好きなところを狙って、ぐいっと指を押し込んだ。

「んんっ、私も、イッちゃうっ……あぁっ、んんんっ、あっ、んっ、んんんんっ！」

真がびくびくと体を震わせる。あそこからは愛液がまたあふれだし、真が達したことを教えてくれる。

「んっ……んんっ……イッちゃった……」

収縮をする真から指を引き抜くと、真と晶さんの体を抱き寄せるように腕を回した。

「こっちが、イカされちゃうなんて……うぅ……」

真はそのまま、力を抜いて体をこちらのほうに預けてくる。

二人が達して意識が向かう先がなくなったせいか、ペニスに自分の意識が集中する。

「んっ……もうっ、待てない……ちゅ……ちゅる、じゅる」

「こんどは、気持ちよくしてあげるから……ちゅぷ……」

近くの二人に集中している間に、ペニスだけじゃなく陽向と彼方さんの胸まで我慢汁と唾液でどろどろになっていた。そのおかげで、ペニスが胸の隙間でよく滑る。

二人は片方が離れると唇をつけて軽く咥えたりしていた。二人して俺のペニスに口づけしている様子がたまらなくエロい。そのまま口にねじ込みたい衝動に駆られてしまう。

「いつでも、出していいよ……じゅる……んっ……」

我慢できなくなって、腰を揺らす。胸の間で竿が擦れて気持ちがいい。膣ほどの締めつけはないけど、二人に抱きしめられている感覚がして、また違った快感がペニスを襲う。

「じゅるる……んっ、んっ……ちゅ……じゅぷ……ちゅ……んんっ」

「ちゅ、じゅぷ、じゅるる、おちんちん、膨らんで、ちゅる、れろ、じゅるる」

今にも出そうなくらいに限界が近い。二人は根元から吸い上げようとしてるのかと思うくらいに、何度も亀頭に柔らかな唇を押しつけて吸ってくる。

「出してっ……いっぱい、かけて……んっ……れりゅ、じゅぷ、ちゅるるる」

「みんなに、あなたの匂い、つけてっ……ちゅぷ、れる、じゅぷ、じゅるる……」

直後、二人の口に吸いだされるように、精液があふれだした。

勢いよく射精して、二人の顔と胸を、白くどろどろした液体が汚す。

「んっ……ああっ……出てるっ……」

「あっ……いっぱい、かかって……んぅ……」

「こっちまで、かかってる……」

「熱い……」

まだ少し出ているのを見て楽しんでいるのか、陽向と彼方さんは胸でペニスを軽く擦っていた。

「たいへんだな……今度は、あと四発だ……」

「新記録に挑戦……」

よくわからない新記録だけど、頑張ろう……。

完全にしてもらっていただけではないけど、してもらったぶん、今度は俺がみんなを気持ちよくしないと。

俺が立ち上がろうとすると、みんなも察してポーズを変えてくれた。横並びになって、お尻をこちらに向けてくれる。とても扇情的な状態であるとともに、全員と同時にできないことをもどかしく思う。みんな肌が少しずつ赤く染まり、体温が上がっているのか、汗も滲み始めていた。

「なかなか特殊な状況だね……」

「私はもう何が特殊で何が普通なのかわからない……」

「普通でも、特殊でも、今ここには私たちしかいないですよ」

「私は、こうしてみんなで愛してもらうのが嬉しい……」

まずは陽向のお尻に手を伸ばして、太ももにも触れるように大きく撫でまわす。

「あっ……んぅ……」

「陽向には小さな頃からずっと助けられてる」

そのまま、手をあそこのほうに向かわせる。陽向がいなければ、きっと俺はここに来ることさえなかった。意地をはって助けを求めなかった時期もあるけど、心のどこかで最後に頼れる場所として陽向がいた。

「ふふっ、昔の私のこと、思い出してる……？」

「思い出してる。陽向は昔から可愛かったよ」

「それは、その……ありがと……」

あそこに触れると、指で状態を確かめる。さっきの行為もあってか、もう十分に濡れていた。陽向のあそこにペニスをあてがって、ぐっと押し込んだ。

「んんっ、あっ、あぁっ……」

陽向の熱く柔らかい膣に、ペニスがにゅるりと入る。すぐにぎゅっとつかまれて、揉みほぐされる。

「おちんちん、入って、きた……」

腰をゆっくりと前後させ始める。胸とは違うねっとりとした柔らかさが、ペニスに伝わってきた。

「あっ、んっ……んんっ、はぁっ……すぐ、奥まで、きたっ……あぁっ……」

陽向の体が小刻みに震えている。すでにどろどろになっている結合部からは、じゅぷじゅぷと水音が漏れる。

陽向の腰をつかんで、抽送の速度を上げていく。パンパンと腰のぶつかる音を響かせながら、陽向を何度も突く。

「あぁっ、気持ちよすぎるのっ……ふぁっ、あっ、奥に、当たってっ、あぁあっ」

陽向は自ら腰を揺らし、自分でペニスを奥に擦りつけてくる。

「んっ、こんな、気持ちよかったらっ、赤ちゃん、できちゃうっ……まだ、学生なのにっ

「んんっ、あっ、あっ、体が、欲しがっちゃうのっ、ふぁっ、ああっ」

腰をぐっと押しつけて、陽向の最奥をぐりぐりと擦る。

「んんんっ！　らめっ、そんなにこすっちゃ……もうっ、我慢、できないからっ」

「陽向、俺も……」

「奥に、出してっ……私の中に、精液、ちょうだい、たくさんっ……」

うねうねと動く陽向の膣は、そのまま奥で出せと言っているかのように、ぎゅっとつかんできた。

「あっ、あっ、ふぁっ、イクッ、イッちゃうっ、気持ちよすぎて、イッちゃうよぉっ」

さらに強く押し込んで、最奥に注ぎ込んだ。背中を大きく反らせながら、陽向はびくびくと体を震えさせる。

陽向のゆっくりと揺れる体で余韻に浸りながら、残りを吐き出していく。

「んっ……いっぱい、もらっちゃった……」

どこか嬉しそうに、陽向は笑う。

それを見ながら、隣の晶さんが色を帯びた声を漏らす。

「はぁっ、んっ……」

晶さんを見てみると、垂れてしまいそうなくらいに濡れているのが見えた。かなり我慢していたようだった。

「陽向、ごめんね」

もう少し余韻に浸りたい気持ちもあったけど、あまり待たせるわけにもいかない。

「晶さん」

「ちょうだいっ……欲しいっ……」

晶さんの確認をとって、ペニスを陽向から抜く。そのますぐに、晶さんに突き入れた。

「あああっ、あっ!!」

少しゆったりとした陽向の中から、狭く小さい晶さんの中に場所が変わる。

「んっ、はぁっ、また、イクところだった……」

とても強く締めつけてくる晶さんの中は刺激が強く、俺も出したばかりだというのに少し怪しかった。

「何回イッても大丈夫ですよ」

「でも……たくさん、して欲しいからっ……」

「たくさんします。今だけじゃなくて、これからも」

腰を動かして、晶さんの中を楽しむ。常時きつく締まっていて、動くだけでとても気持ちがいい。

「んっ……あっ、んんっ、中、ぎちぎちって、ああっ、あっ!」

「晶さん、やっぱり素敵な人でした」

「なんだよ、やっぱりって……」

「自分がいい人なの隠そうとしてましたよね。俺が残る理由をくれて嬉しかったです」

「あれはっ、あれは……あのこと、黙っててくれたから……何か返さないとって……」

そうやって話していると、

「何があったの？」

彼方さんが俺のほうに問いかけてくる。

ここは黙ると逆効果なはずだ。

トイレでのことは伏せて、シャワーを被ったほうならドジで済む。

「お風呂でですね、水を出そうとしてシャワーを被ってしまったんです。それで、恥ずかしいから言わないでくれと」

「んっ……」

またぎゅっと締めつけられる。少し恥ずかしそうだけど、大丈夫そうだ。晶さんの穴を押し拡げるくらいのつもりで、何度もねじ込んでいく。

「んんっ、奥、ずんずんくるっ、あっ、ああっ、ああっ、ああっ、んっ、ちんちんが、赤ちゃんのとこ、入ろうとしてるっ」

晶さんが感じれば感じるほど、力が抜けていくのがわかる。ペニスはより深く入り、晶さんの体を大きく揺らす。

絶頂に向けて、腰を激しく打ちつける。先端を子宮口にぶつけながら、昇っていく。

「ああぁっ、あっ、ああっ、もうっ、もうっ、だめっ、イクッ、イッちゃうっ、ああっ」

先端を子宮口に押しつけると、そこに吐き出した。

「んんっ、んっ、んんんっ、んんんんんっ！」

腰をがくがくと揺らしながら、晶さんは達する。今にも崩れ落ちそうになっている晶さんを軽く支えながら、最後まで出していく。

「んっ……あっ……んんっ……」

少し晶さんに力が戻ったので、体を離して余韻に浸る。

ふと目を横にやると、珍しく彼方さんが切なそうにしているのが見えた。

「んっ……はぁ……あぁ……んんっ、精液の匂い、かいでたら、ちょっと、我慢、できなくなってきたかもっ……。あのね……できたら、欲しいなぁ、なんて……」

そうか。陽向は最初だったたし、真と晶さんは一度達している。彼方さんは胸に出させてもらったきり、そのままの状態だ。普段自分からおねだりしてこない彼方さんが言うのだから、相当なんだろう。

チラリと晶さんのほうに目を戻すと、うなずいてくれた。晶さんから引き抜くと、彼方さんに押し込んだ。

「あああっ、あっ、んっ、んんんんっ!!」

熱く、とろけそうな彼方さんの膣に包まれたかと思ったら、彼方さんは体をびくびくと震わせながら達してしまった。

「あっ……はぁっ……んっ……イッちゃった……」

何度も膣内を収縮させながら、彼方さんの体は小刻みに震える。それがまた気持ちよくて、ペニスはギンギンになってしまった。

「彼方さんには、いつも我慢してもらって申し訳ないです……」

「一番、お姉さんだからね……いいところみせないと……」

「でも、甘えん坊なのも知ってます」

「それは、甘えたくなるから、仕方ない……」

「最初に布団に潜り込まれたとき、すごく我慢してたんですよ」

「それは、申し訳ないことをしたと思うけど……今は我慢せず思いきりできるよ？」

「はい、もう我慢してません」

あのときのことを思い返すと、もう三回も出しているというのに腰が止まらない。

彼方さんの中はもちろん、体に触れているだけでも気持ちがいい。腰が柔らかなお尻にぶつかって、とても心地いい。

「んんっ、すごいっ、四回目なのにっ、元気すぎるっ……ああっ、はぁっ、あっ！」

彼方さんも腰を大きく揺らし始める。ぐにぐにと中がうねって、引っ張り回されているようだった。奥まで突き入れると、子宮口に先端が当たる。小さい晶さんほど強く押しつけられるわけではないけど、奥に当てると、征服感を刺激された。

「ああっ、赤ちゃんのとこ、当たってるのっ、はぁっ、んっ、それ、感じちゃうっ」

もっと深く入りたいと、彼方さんの腰をぐっとつかんで、思いきり腰を押しつける。

「あああっ、奥、ねじ込まれちゃうっ、赤ちゃんのとこまで、入っちゃうっ、んんんっ」

そこまでねじ込むくらいのつもりで、何度も彼方さんを突き上げる。

「んっ、はぁっ、おちんちん、気持ちいいっ、もうっ、イキそうっ、はぁっ、はぁっ、んっ、出してっ、奥に、いっぱいっ、赤ちゃん、欲しいっ……あなたの、赤ちゃんっ」

彼方さんの言葉に促されるように、腰の動きが激しくなる。とろとろになった膣壁を強く擦り上げながら、何度も奥を突く。

「ああっ、もうっ、だめっ、イクッ、イッちゃうっ、気持ちよすぎて、イッちゃうのっ」

子宮口に強く擦りつけて、中に注ぎ込んだ。

「あああっ、あっ、あああぁぁぁぁぁあああああっ!!」

膣口がぎゅっと強く締まり、彼方さんは体を大きく震わせた。びくびくと腰を揺らしながら、精液を受け止めてくれる。

「赤ちゃんのところ、入ってきてるっ……すごい、たくさん……ああ……熱い……」

もっと出せと、彼方さんの膣がうねる。その動きが、ゆっくりと余韻に浸らせてくれた。

「そうか、彼方は、いますぐできても……」

なるほど、と言いたげに晶さんがうなずく。

「学業との両立よりは、ハードルが低いかも知れません……」

陽向もその言葉の意味に気がついたようだ。

「お姉さんの、特権……」

すでに一年くらいは仕事を休んでもいいくらいの貯金はあるということか……。

そんな話をしていたら、真が我慢できないようにおねだりを始める。

「私も、赤ちゃん欲しいっ……でも、今は難しいの、わかってて……でも欲しいっ……」

「そう言ってくれるのは、すごく嬉しい」

待たせてしまったぶん気持ちが昂《たか》ぶっているのかも知れないけど、それでも嬉しかった。

「いっぱい、して欲しいの……おかしくなっちゃうくらい、いっぱいしてっ……」

彼方さんのほうを見ると、微笑んでくれる。ペニスを彼方さんから引き抜くと、真に突き入れた。

「んんんっ、あっ、はぁっ……」

ペニスがずぷずぷと真の中に吸い込まれていく。

これだけ連続してするのは初めてだけど、なんとかまだ頑張れそうだ。

「おちんちん、入ってる……たくさん、してるのに、まだ、元気っ……」

「出しても、また元気にしてくれる人が四人もいるから……」

「私でも、興奮してくれる……？」

「しないわけないよ。ねえ、真は、どうして俺のことわかってくれてるの？」

「……わからない、でも、ずっと、見てた。初めて会ったときから、どんな人なんだろうって、ずっと、見てた……そしたら、ちょっとおどおどしてるけど、中身は素敵な人なんだって、思えてきて……惹かれて……あっ……んんっ、でも、転居の話が出たときは、いろいろわかってたのに、どうすればいいかはわからなかった……」

「そっか……」

ゆっくりと、腰を動かし始める。真の中を行き来して、何度も奥まで突き入れた。真の中は締まっていて少しきついけど、しっかりと咥え込んでくれる深さがある。動きを少しずつ速くしていく。擦れかたが強くなって、快感が増していく。

「ああっ、はぁっ、おちんちん、擦れて、気持ちいいっ、ああっ、ふぁぁっ」

もう馴染んだ頃だろうと、汗ばんだ真の体をつかんで、ぶつけるように腰を振る。パンパンと腰を打ちつけると、髪が揺れてうなじがチラチラと見える。それがとても妖艶で、かぶりつきたい衝動に駆られる。

「あっ、あっ、奥、気持ちいいのっ……もっと、欲しい、いっぱい、ぐりぐりして……」

思いきり押し込むと、言われたとおりにぐりぐりと先端を擦りつける。これが限界だと

わかりつつも、もっと奥まで入りたいと、子宮口に先端を押しつける。

「ああっ、あっ、あっ、だめっ、それっ、ああっ、変に、なっちゃうよぉっ」

どろどろと真から垂れてくる愛液は、腰がぶつかるたびに卑猥な音を立てる。それは他の人としているときよりも、いやらしい音がしている気がした。

「んっ、あっ、恥ずかしいっ……ああっ、あっ、んっ、やっ、腰、動いちゃうっ」

真は腰を動かすと、自分でぐいぐいとペニスに押しつけてくる。より深く刺さって、真は体をびくびくと震えさせた。根元までしっかりと真に咥えられて、少し動くだけでも擦れて快感が走る。

「はぁっ、はぁっ、んっ、あっ、もうっ、イクッ、私っ、イッちゃうっ、ああっ」

「俺も、出したい……」

「うんっ、出してっ、私にっ……赤ちゃん、できてもいいからっ……んっ、ああっ」

真の腰をつかんでぐっと手繰り寄せると、激しく腰を揺らす。

「んっ、あっ、ああっ、ああっ、だめっ、イクッ、んっ、あっ、イッちゃうっ、おちんちん、気持ちよすぎて、イッちゃうよぉっ」

子宮口を思いきり突き上げて、吐き出した。

「んんっ、あっ、ああっ、あああああっ!!」

結合部からは精液があふれだし、真は大きく体を揺らす。びくびくと脈打つように痙攣し、腰をくねらせていた。

「あっ、やっ……熱い……熱いの……やけど、しちゃうっ……いっぱい、出てる……」

腰を揺らしながら、真はお腹に入ってくる精液を嬉しそうに受け止めてくれる。

精液が出ると同時に、俺はふと力が抜けていく感覚に囚われる。

「ん……あっ、あれ、大丈夫……?」

その様子に真は気づいたようで、心配そうに聞いてくる。

「大丈夫、だと思う……」

口ではそう言うが、体は沈んでいく感覚だ。

他のみんなの声が聞こえる。

「女性をたくさん囲うのって、思ってたよりも大変なのかも……」

「みんなで、洗いっこしましょう」

「寝てていいぞ。洗ってやるから」

「今日はもう、ゆっくりしないと……」

みんなそれなりに心配そうにしてくれている。ちょっと眠いので、今はみんなに甘えさせてもらうことにした。

ふらふらと体が揺れて、倒れ込む。

柔らかいものに抱き止められたところで、意識は闇に落ちていった。

エピローグ　ここへ来てよかった

家に帰ってくると、カレーの匂いがした。

喜び勇んでリビングまで入ると、何やらカレー以外にもたくさん並べられていた。

「今日は何かあるんですか？」

首をひねると、陽向が得意げに教えてくれた。

「実はですね……今日は伊織くんの誕生日なんですよ！」

「……そういえばそうだ」

「本当に忘れてるのかよ」

晶さんのツッコミが鋭い。

「あまり祝ってくれる人がいないんで、意識しなくなったというか……あのー、まさかとは思うんですけど、俺の誕生日で、ご飯がいつもより豪勢ということは、もしや、祝ってもらえるってことですか？」

その言葉に、みんなが当たり前だという顔でうなずく。

「誕生日おめでとう」

「おめでとう」

「おめでとう！」

「おめでと」

今まで祝ってくれたのは家族と陽向くらいで、ここで祝ってもらえるだなんて考えもしなかった。だから誕生日のこと自体、まったく頭に浮かびもしなかった。

「ありがとうございます。なんか照れくさいです」

「陽向から誕生日のこと聞いてね、みんなでお祝いしようって話したんだ」

真が嬉しそうに話す。陽向もうんうんとうなずく。

ただ歳を取るだけの日だと思っていた誕生日。

陽向や家族は祝ってくれていたけど、それは数ある日常のひとつでしかなくなっていて、当たり前だから、気にすることもなくなっていた。

だからこの日が来ても気づかなかった。

それでも、覚えてくれている人がいて……そして、祝ってくれる人たちがいる。

誕生日を祝ってもらえることがこんなに嬉しいんだと、初めて知った。

家族や陽向にも改めて感謝しなくてはならない。

「美味しいです。めちゃくちゃ美味しいです」

ご馳走を堪能していたら、いつの間にかみんながそばに集まってきた。

いち早く俺の隣に陣取ったのは真。彼方さんは真と逆隣りの俺の横。残り二人は少し離れたところだったけど、いつもより近い気がする。

「いっつも両脇が埋まってる……」

ぼそりと晶さんがつぶやいた。

「それはですね、晶さんが早い者勝ち精神で横を取らないからですよ」

「そ、それは、だって、そんなの……」

陽向にそう言われても、照れて動けない晶さん。

「じゃー、私が行こうかな」

陽向が立ち上がって、少し空いている真との隙間に割り込もうとした。しかし、真が絶対にこの場所は渡さないばかりに、ささっと間を詰める。

「素直じゃないのは晶だけだ」

彼方さんが晶さんの腕をつかんで引っ張った。

「うわわっ」

体重の軽い晶さんは、バランスを崩して俺の上に倒れ込んできた。

彼方さんから俺を通して、真の膝にまで乗るかたちで、晶さんが転がっている。

「あの、えっと、ごめん……」

「大丈夫ですよ」

真っ赤になって謝る彼女と視線を合わせる。

周りが囲まれていて、とても温かく、心地よい。

そのまま、しばらくみんなでワイワイとお喋りをしていた。

ほどよいタイミングで、陽向が切り出してくる。

「さて、伊織くんに渡すものがあります」

何だろう？　気合の入った料理の後……。

「もしかして、請求書……！」

「ボケなくてもいいよ」

真顔で陽向がツッコミを入れてくる。

「みんなでプレゼント用意したから」

「プレゼント……誕生日の？」

女の子たちから誕生日プレゼントを貰えるなんて、夢じゃないだろうかと思う。

「今日は、本当にありがとう。俺、こんな誕生日初めてで、すごく嬉しかった」

そして、これまでの誕生日にあまり感謝してなかったことを後悔する。

みんなに頭を下げる。

ここに来たときのことを思い返す。

最初は大変だった。でも、今はこんなにも楽しい。

最初とは違う意味で今も大変だけど、それは贅沢な悩みで、昔の俺が羨ましがっていたようなことばかりだ。

勇気を出して、ここに来てよかった。

みんながいれば、これからもこんな楽しい日々が続いていく。

これからもいろんな出来事があって、楽しいことはもちろん、なかには辛いこともあるかもしれない。

でもそれは全部自分の経験になって、レベルが上がっていく。

いつの日か、自分が本当にやりたいことをするために、ずっと成長していかなくてはならない。きっとここでなら、それができる。見てくれている人たちがいるから。

本当に、ここに来てよかった。

あとがき　川原圭人

ぷちぱら文庫では、はじめましてになります。川原圭人です。

スカイロケット様のゲーム『コイノハ　―恋のシェアハウス―』のノベライズを担当いたしました。

ゲームのほうは、とにかくみんなの会話がとてもほのぼのしていて面白いです。でも小説では大幅にカットせざるを得なくて残念です。もっとみんなでゲームしているシーンや日常のいろんなシーンを盛り込みたかったです。たくさんいろんなエピソードを読んでいただきたいのに、物理的に入りきらなくて、泣く泣く削ったところが山ほどあります。どんな素敵なシーンがあるのか、気になる方はぜひ、ゲームをプレイしてみてください。

小説の場合は文字しかないので、このセリフは誰が言っているのかということも書き添えなければならず、かなり地の文に加筆しています。もともとのテキストの雰囲気を壊さないように頑張ったつもりです。

ハーレム展開ではありますが、とても愛にあふれた物語です。プレイしてみて、主人公のことも、ヒロインたちのことも大好きになりました。続編ないのかなあ……なんて密かに期待しています。

最後になりましたが、このたび作品の制作に関わってくださった皆様、そして読者の皆様に、深く感謝申し上げます。

ぷちぱら文庫

コイノハ
～恋《こい》のシェアハウス～

2021年 6月 11日　初版第１刷 発行

■著　　者　川原圭人
■イラスト　アルデヒド
■原　　作　スカイロケット

発行人：久保田裕
発行元：株式会社パラダイム
〒166-0004
東京都杉並区阿佐谷南1-36-4
三幸ビル4A
TEL 03-5306-6921
印刷所：中央精版印刷株式会社

PP394

既刊案内
アイベヤ
AIBEYA
幼馴染の家で、ホントの恋を知るための同棲生活
可愛くて巨乳の幼馴染と
お試しで恋人同士になりました
ぷちぱら文庫 332
著 栗栖
画 おりょう
原作 あざらしそふと
定価 780円+税
好評発売中！